पेंगुइन स्वदेश

आँख की चोरी

कृश्न चन्दर हिन्दी और उर्दू के कहानीकार थे। उनका जन्म 23 नवंबर 1914 को वज़ीराबाद, ज़िला गूज़रांवाला (अब पाकिस्तान) में हुआ था। उनका बचपन पुंछ (जम्मू और कश्मीर) में बीता। उन्होंने अनेक कहानियाँ और उपन्यास लिखे हैं। उनके जीवनकाल में उनके बीस उपन्यास और 30 कथा-संग्रह प्रकाशित हो चुके थे। उन्होंने रेडियो नाटक और फिल्मी पटकथाएँ भी लिखीं। 1973 की प्रसिद्ध फिल्म मनचली के संवाद उन्हीं के लिखे हुए थे। 1969 में उन्हें पद्मभूषण से सम्मानित किया गया था।

आँख की चोरी

कृश्न चन्दर

पेंगुइन स्वदेश
पेंगुइन रैंडम हाउस इम्प्रिंट

पेंगुइन स्वदेश

यूएसए। कनाडा। यूके। आयरलैंड। ऑस्ट्रेलिया। सिंगापुर
न्यू ज़ीलैंड। भारत। दक्षिण अफ्रीका। चीन

पेंगुइन स्वदेश, पेंगुइन रैंडम हाउस ग्रुप ऑफ़ कम्पनीज़ का हिस्सा है,
जिसका पता global.penguinrandomhouse.com पर मिलेगा

पेंगुइन रैंडम हाउस इंडिया प्रा. लि.,
चौथी मंजिल, कैपिटल टावर-1, एम जी रोड,
गुड़गांव 122 002, हरियाणा, भारत

पेंगुइन
रैंडम हाउस
इंडिया

प्रथम हिन्दी संस्करण हिन्द पॉकेट बुक्स द्वारा 2010 में प्रकाशित
प्रथम हिन्दी संस्करण हिन्द पॉकेट बुक्स में पेंगुइन रैंडम हाउस द्वारा 2022 में प्रकाशित
यह संस्करण पेंगुइन स्वदेश में पेंगुइन रैंडम हाउस द्वारा 2023 में प्रकाशित

10 9 8 7 6 5 4 3 2

ISBN 9789353496227

मुद्रक : रेप्रो इंडिया लिमिटेड

www.penguin.co.in

FSC www.fsc.org MIX Paper from responsible sources FSC® C047271

This is a legitimate digitally printed version of the book and therefore might not
have certain extra finishing on the cover.

आँख की चोरी

लम्बे कद के अत्यन्त मजबूत शरीर वाले हेमन्तसिंह ने कलकत्ता सेंट्रल अस्पताल के सामने अपनी कार रोकी। पीछे सीट पर बैठी हुई चीनी लड़की ने कहा, "वह फलों की टोकरी उठा लो।"

फलों वाली टोकरी एक दुल्हन की भांति सजी हुई थी। टोकरी के अन्दर लाल मखमली कपड़े के ऊपर सेब, अनार, अंगूर, आलूबुखारा और संतरे सजे हुए थे, और टोकरी की हत्थी और उसके चारों ओर सुनहरें, रुपहले तार लिपटे हुए थे। टोकरी से भीनी-भीनी इत्र की सुगंध आ रही थी। चीनी लड़की भी बड़ी ही सुन्दर थी। उसने मोर के रंग का फ्राक पहन रखा था, जिसके नीचे से उसकी सुडौल टाँगें बार-बार दिखाई दे जाती थीं। अत्यन्त सजने के बाद भी उसकीं आंखों में दुख और पछतावे की एक हल्की-सी चमक थी।

वे लिफ्ट में तीसरी मंजिल तक गए। तीसरी मंजिल के लम्बे और साफ बरामदे में हेमन्तसिंह एक लकड़ी की बेंच पर बैठ गया और मुस्कराकर कहने लगा, "यह फलों की टोकरी तुम प्राइवेट वार्ड के रूम नम्बर ६ में ले जाओ। कहना, हेमन्तसिंह ने भेजी है।"

"कौन है वहाँ? चीनी लड़की ने गंभीरता-भरी निगाहों से देखते हुए पूछा।

"तुम नहीं जानतीं उसे, तुम्हारे लिए वह अपरिचित है।" हेमन्तसिंह ने अपनी लगगभ सफेद कनपटियों को जरा-सा छूकर कहा, जहाँ पर उसने छुआ था वहाँ जख्म का एक पुराना निशान था।

"तो आप स्वयं क्यों नहीं चलते, मेरे साथ?" चीनी लड़की ने

दोबारा पूछा।

"तुम जाओ।" हेमन्तसिंह ने मुस्कराकर कहा, "मैं बाद में आऊंगा।

चीनी लड़की कुछ न समझी, फिर भी धीरे से सिर हिलाकर चल दी। हेमन्त बेंच पर बैठा रहा। उसकी मुस्कराहट बड़ी अजीब थी।

लम्बे बरामदे से निकलकर कमरों के नम्बर पढ़ती हुई, जब वह कमरा नम्बर ६ पर पहुंची तो उसने खुले दरवाजे के अन्दर एक चौड़ी स्क्रीन देखीं, जिसके कारण कमरे के अन्दर का भाग नजर नहीं आता था।

कमरे के अन्दर से एक अधेड़ आयु की नर्स एक बरतन में इंजेक्शन का सामान लिए निकली जिसे वह स्टर्लाइज करने के लिए जा रही थी। वह सुन्दर लड़की को देखकर ठिठकी, फिर उसके हाथों में फलों की टोकरी देखकर चेहरे पर मुस्कराहट आ गई। बोली, "इसके लिए फल लाई हो? अन्दर चली जाओ, खुद दे दो। वह जा रहा है।"

चीनी लड़की नर्स की बातों से इतना तो समझ गई, कि रूम नं. ६

में रहने वाला मरीज कोई मर्द है। वह बाईं ओर स्क्रीन को जरा-सा हटाकर अन्दर गई तो मरीज बड़े-बड़े तकियों से टेक लगाए हुए बैठा था। उसका चेहरा एक बड़ी-सी पुस्तक से छुपा हुआ था।

चीनी लड़की ने बड़ी मीठी आवाज में कहा, "क्या मैं अन्दर आ सकती हूं?"

मरीज ने पुस्तक अपने चेहरे से हटाई। चीनी लड़की का दिल जोर-जोर धड़कने लगा। कुछ क्षणों तक वह चकित-सी खड़ी रही। वह इस प्रकार देख रही थी, जैसे वह जो कुछ देख रही है, उस पर उसे विश्वास न आ रहा हो।

फिर वह खड़ी-खड़ी डोलने लगी। फलों की टोकरी उसके हाथ से छूट गई, और वह दौड़कर तकिए का सहारा लिए बैठे हुए मर्द के सीने से जा लगी और सिसकते हुए कहने लगी, "अप्रलि तुम जीवित हो, तुम जीवित हो!"

जिसकों उसने अप्रिल कहा था, उसके सफेद मोतियों जैसे दांत चमक उठे। उसने सिसकती हुई चीनी लड़की के चेहरे को उठाकर अपने हाथों में ले लिया, उसके माथे को चूमा, उसकी कान की लोर को, उसकी आंखों को, उसके गालों के तिल को, फिर उसके होंठों के महीन किनारों को, फिर गर्दन को। वह उसके कंधे पर सिर रखकर बोली, अभी तक विश्वास नहीं आता कि तुम जीवित हो।"

चीनी लड़की ने अपनी कोमल उंगलियों से उसके चेहरे के हर भाग को बड़े प्यार से छुआ जैसे वह हर भाग की बीती हुई याद ताजा कर रही हो। फिर वह उंगलियां फेर-फेरकर उस मर्द के चेहरे के हर भाग को चूमती गई, और 'ऊं...ऊं' करती गई, हर चुम्बन के बाद इस लड़की के होंठों से शराब के नशे में डूबी हुई-सी आवाज पैदा होती थी और फिर प्यार से एक 'ऊं' आं...आं...।'

"मैं पागल हो जाऊंगी," वह बेकाबू होकर बोली, "मेरा अप्रिल जीवित है!"

"हां है।" वह मर्द बोला, "मैनें तुमसे हांगकांग में कहा नहीं था, अप्रिल सदा मे का पीछा करता है, मैं तुम्हें इस दुनिया में अकेला कैसे छोड़ सकता था?"

"मगर," वह एक सांस लेकर बोली, "मैंने खुद तुम्हें उन सीढ़ियों पर गोलियों की बाढ़ से गिरते देखा था। बीस-पच्चीस गोलियां दुश्मनों ने चलाई थीं, इतनी गोलियां खाकर कोई जीवित कैसे रह सकता है? यह

चमत्कार कैसे हुआ? अरविन्द हांगकांग में तुम्हें मैं अप्रलि कहती थी। यहां पर तुम्हें अरविन्द कहूंगी।"

अरविन्द बोला, "मैंने कपड़ों के अन्दर गोलियों से बचाने वाली फौलादी जाकेट पहन रखी थी। मेरे किसी नाजुक जगह पर गोली नहीं लगी कि मेरी मौत हो जाती। मगर हां, पांव में चार गोलियां अवश्य लगीं, जो अब निकाली जा चुकी हैं। पन्द्रह-बीस दिन में बायें पांव का प्लास्टर भी निकल जाएगा, फिर मैं अस्पताल की कैद से छूट जाऊंगा और तुमसे शादी कर लूंगा।"

अरविन्द माली ने चौंककर हेमन्तसिंह की ओर देखा, फिर मे की ओर, जो अब उससे अलग होकर एक कुर्सी पर बैठ गई थी। अरविन्द ने शिकायत-भरी निगाहों से मे की ओर देखा।

मे अपने ब्रोकड के फ्राक के कोने को मसलते हुए बोली, "मुझे अब मालूम हुआ कि तुम जीवित हो, मुझे पूरा विश्वास था कि तुम मर चुके हो। हांगकांग की उस घटना में बीस-पच्चीस गोलियां खाने के बाद मैं सोच भी नहीं सकती थी, कि तुम जीवित रहोगे। तुम्हारे दुश्मनों ने भी यही समझ के कि तुम मर चुके हो, उन्होंने तुम्हारा काम पूरा कर दिया था। इसीलिए उन्होंने कुछ दिनों बाद मुझे छोड़ दिया, फिर मैं हिन्दुस्तान चली आई, अपनी माँ को लेके, और यह सोचकर कि जीवन के शेष दिन अपने प्रेमी के देश मे काटूंगी। यहां आकर मुझे हेमनतसिंह मिले। इन्होंने मेरा पता कैसे ढूंढ़ लिया, मैं नहीं जानती। इन्होंने मुझे मुलाजिम रख लिया। जीवित रहने के लिए मुझे भी एक काम की जरूरत थी, और मैं शादी किसीसे नहीं चाहती थी। तुम्हारे बाद।" वह रुकी, फिर उसकी आंखों में आँसू आ गए, और फिर उसने दोनों हाथों की उंगलियां मिलाके हेमन्तसिंह से कहा, "आपने भी मुझे कुछ न बताया?"

“क्या बताता?” हेमन्तसिंह बोला, “शुरू में इनकी हालत ऐसी न थी कि तुमसे आशाजनक बात कही जा सकती। बाद में ये जैसे-जैसे अच्छे होने लगे, तौ मैं तुम्हारा पुराना रिकार्ड पढ़ चुका था। मैंने सोचा हमारे यहां चीनी ऐजेंटो की बहुत कमी है, और विशेष रूप से ऐसी लड़की की जो इतनी सुन्दर भी हो।”

“ब्लडी हैल!” अरविन्द क्रोध में बोला, तुमने मेरे साथ धोखा किया है।”

“कोई धोखा नहीं किया।” हेमन्तसिंह बोला, “बस इतना हुआ कि कर्तव्य प्रेम पर भारी हो गया।”

“अगर मेरा बायां पांव प्लास्टर में न होता, तो मैं तुम्हें जान से मार देता।”

हेमन्तसिंह जोर-जोर से हंसने लगा। फिर बोला, “मुझे विवाहित सी.आई. डी. एजेंट पसन्द नहीं हैं। बीवी होती है तो बच्चे भी होते हैं, फिर दूसरी उलझने सामने आने लगती हैं। ऐसा एजेंट कभी अपने जीवन को खतरे में नहीं डाल सकता। कभी डबल क्रास भी कर सकता है। लेकिन मुझे प्रेम पर कोई विरोध नहीं। मे तुम्हें देखने के लिए हर रोज यहां आ सकती है। जब तक तुम ठीक होकर अस्पताल से डिसचार्ज नहीं कर दिए जाते, मैं मे को कोई काम नहीं सौपूंगा। मगर शादी? किसी सी. आई. एजेंट के लिए हरगिज नहीं।

“बात तो ठीक कहता है, मैं अरविन्द माली, एक सी. आई. डी. एजेंट जिसका जीवन हर समय खतरे में घिरा रहता हैं, जिसकी जान कभी भी जा सकती है, बस एक क्षण की मोहब्बत ही तो कर सकता हूं मैं। मेरे लिए वे कल्पनाएं और उसकी समस्त तस्वीरें हैं, जिनमें एक साकार घर होता है, घर की देखभाल करने वाली एक बीवी होती है, उंगली से

पकड़कर मेले ले जाने के लिए बच्चे होते हैं, इतवार को रमी खेली जाती है, और दोपहर को बियर का दौर चलता है, फिर टेलीफोन की घंटी बजती है, मैं नंगे पैर स्लीपर छोड़कर ही उसकी ओर जाता हूं, और रिसीवर उठा लेता हूं : उधर से कोई दोस्त लम्बी जम्हाई लेकर कहता है, हैलो अरविन्द, क्या कर रहे हो, बोर हो रहे हो। यहां आ जाओ तो बड़े मजे आ जाएं।' मैं रिसीवर बन्द रख देता हूं, और मे से कहता हूं, 'डार्लिंग मिस्टर और मिसेज रस्तोगी अपने दोनों बच्चों सहित लंच पर आ रहे हैं।''

अस्पताल के कमरे में अंधेरा-सा था, हल्की रोशनी, हल्का अंधेरा अस्पताल में अरविन्द माली अन्तिम रात थी। कल सुबह उसे डिस्चार्ज कर दिया जाएगा। मे कुर्सी पर बैठी ह्विस्की पी रही थी। गिलास एक छोटी-सी मेज पर टेबल लैम्प के नीचे रखा था। गिलास में बर्फ की डलियां पिघलने से लाल लहरें ऊपर से नीचे और नीचे से ऊपर जाती मालूम होती थीं। लगता था शराब के गिलास में बस पिघला हुआ लाल दमक रहा है। मे की आंखे नशीली हो चली थीं। वह उसका चौथा गिलास था। गिटार उसकी रानों पर पड़ा था, बड़ी देर से उसने उसे छुआ तक न था।

मैंने कहा, ''मे कुछ तो सुनाओ।''

''क्या सुनाऊं, अरविन्द?'' वह नशीले लहजे में बोली।

''तुम इतनी उदास क्यों हो?''

''वह मुझे तुमसे दूर कहीं भेज रहे हैं।''

''कहां?''

''बता नहीं सकती।''

''सॉरी...'' मैंने अपने होंठ काट लिए, छः महीने अस्पताल में रहकर

मैं अपने विभाग के उसूल भी भूलता जा रहा था।

मे ने हौले से गिटार के स्वर छेड़े, बहुत धीरे से, ताकि आवाज बाहर न जाए :

वे दोनों बालकनी में जागे।
देखने लगे।
एक कतरा बिजली के फानूस पर लटक रहा है।
वह बोली, 'चार बज गए।'
चांदनी में मौन।
चेरी के पेड़ की कोमलता।
हल्की और अकेली, बिल्लौर के जमे हुए फानूस से बाहर
परछाईयों की एक दुनिया।
चांदनी और बर्फ के स्पर्श से भरे हुए।
मैं कॉफी बनाती हूं तुम्हारे लिए।
उसने कहा और फिर दबे पांव अंधेरे की ओर चली।
फिर, लो, पी जाओ इसे और धन्यवाद के लिए कुछ न कहो।
फिर बालकनी से बाहर देखने लगे।
बिल्लौर के फानूस पर अब वह कतरा न था।
अब याद की परछाइयां,
वह कतरा, वह नर्मी, वह चेरी का पेड़।
दिल धीरे-धीरे धड़कते हुए।
बिल्लौर के टुकड़ों की तरह।
अलग हो गए।

अन्तिम झनक से गिटार चुप हो गया। गीत समाप्त हो गया। में गिटार पर सर रखकर रोने लगी।

इतने में एक नर्स अन्दर आई, बिस्तर पर पास आकर बोली,

"आपके दफ्तर से टेलीफोन आया है, शाम के चार बजे आपको बुलाया है, कहा है कि डी नम्बर की फाइल साथ लेते आइए।"

मैं चौंक गया। डी नम्बर की फाइल हेमन्तसिंह का कोड शब्द था, मतलब यह था कि कल ही मुझे किसी यात्रा पर जाना पड़ेगा।

"जरा दम भी नहीं लेने दिया, कम्बख्त ने।" मैंने दांत पीसकर कहा, "कल ही अस्पताल से छुट्टी मिलेगी, कल ही काम पर।"

फिर स्वंय ही सोचकर मैंने कहा, 'मगर ठीक ही तो है, छः महीने बहुत आराम कर लिया।' मैंने नर्स ने कहा, "आज रात में यहीं सोएगी, एक पलंग का प्रबन्ध कर दो।"

"यहां क्यों सोएगी?" नर्स से बुरा-सा मुंह बनाकर कहा क्योंकि वह मुझपर मेहरबान थी।

मैंने कहा, "इसलिए कि वह मेरी पत्नी है।"

"तुमने पहले क्यों नहीं बताया?" नर्स की आवाज में एक आंसू कहीं आकर घुलने लगा।

"पहले जरूरत नहीं समझी..." मैंने कड़े लहजे में कहा।

मे चौंकी, जब नर्स बाहर चली गई, तो बोली, "हांगकांग में भी यही हुआ था, यहां भी यही। क्या हम दोनों के भाग्य में एक रात के लिए पति-पत्नी होना लिखा है?"

"यह एक रात भी किसे मिलती है?"

मैं कमरे में टहलने लगा, यह मालूम करने के लिए कि क्या मैं ठीक से चल सकता हूं।

'हां' ठीक से चल सकता हूं।' मैंने अपने आपसे कहा।

और अब? अब यह देखना है कि मेरी बांहों में जान है कि नहीं।

मैंने मे को अपनी बांहो में उठा लिया।

"क्या करते हो, क्या करते हो?"

"देख रहा हूं कि मेरी बांहें मजबूत है कि नहीं।"

दरवाजा जोर से खुला, और दो वार्डर एक फोल्डिंग पलंग लेकर अन्दर आए, उनके पीछे-पीछे क्रोध में फूंकारती हुई नर्स खड़ी थी, जो मुझपर मेहरबान थी, उसने कुर्सी से गिटार उठा लिया, और बोली, "अस्पताल में संगीत मना है।"

गाड़ी रतलाम से आगे निकल चुकी थी, बहुत आगे, एअर कंडीशंड कैरिज के कमरे में यात्री आराम से सो रहे थे। कॉरीडोर के धुंधले अंधेरे में शीतल सन्नाटा-सा था, कॉरीडोर के आखिरी सिरे पर एक लाल बत्ती जल रही थी और उसके नीचे स्टूल पर रात का जगा हुआ बैरा ऊंघ रहा था। एकाएक कॉरीडोर के दूसरे सिरे के टायलेट से एक जवान औरत अपना गुलाबी गाउन संभालती हुई निकली और दरवाजा खोलकर कॉरीडोर के अन्दर आ गई, और केबिन नम्बर चार-सी के दरवाजे पर दस्तक देने लगी।

जब अन्दर से कोई उत्तर न मिला, तो जोर-जोर से दस्तक देने लगी। वह कुछ परेशान और घबराई हुई सी दिखाई देती थी। ऊंघता हुआ बैरा जाग गया और कॉरीडोर का पट खोलकर अन्दर आ गया, और सहानुभूति भरे लहजे में पूछने लगाः

"क्या बात है, मैडम?"

“कोई दरवाजा नहीं खोलता।”

“अंदर दूसरा पैसिंजर कौन है?”

“अंदर मेरा पति है।”

बैरे और गुलाबी गाउन वाली जवान औरत की बातें सुनकर एअर कंडीशंड कोच का हेड बैरा भी आ गया और कंटक्टर भी, जो कोच से मिले हुए कमरे में आराम कर रहा था। जवान औरत ने अब जोर-जोर से दरवाजा पीटना आरम्भ कर दिया।

दरवाजा खटखटाने में कंटक्टर और हेड बैरा भी सम्मिलित हो गए। थोड़ी देर में इधर-उधर आसपास के कमरों के यात्री भी जाग गए और पट खोलकर झांकने लगे। कमरा नं. तीन-बी से एक अधेड़ आयु की बीबी बालों को घुंघराले बनाने के क्रीजर लगाए हुए झांकने लगी। उसके सारे चेहरे पर क्रीम पुती हुई थी, और उसकी सूरत किसी पुरानी मिस्री ममी की भांति मालूम होती थी। कमरा नं. पांच-डी से एक लम्बा-तड़ंगा हिटलर की सी मूंछों वाला अंग्रेज़ रात के समय अपनी नींद खराब करने वाली के विरुद्ध मुंह ही मुंह बुदबुदाने लगा।

पुराना जमाना होता तो बढ़कर दो हाथ जड़ देता और ठोकरें मारता। मगर उसका शासन समाप्त हो चुका था, इसलिए केवल गंभीर, विवश, बैचेन, बेबस और उकताया हुआ दिखाई दे रहा था।

कहीं मस्तिक के अंदरूनी पर्दों को चीरती हुई दरवाजा खट-खटाने की आवाज मुझ तक पहुंची, मैंने उठकर दरवाजा खोला और इतने लोगों को दरवाजे के बाहर खड़ा देखकर चकित रह गया।

“क्या है?”

“आपकी पत्नी कब से खड़ी दरवाजा पीट रही है।” कंटक्टर ने

गुलाबी गाउन वाली जवान औरत की ओर संकेत किया।

"मेरी पत्नी?" सहसा मेरे मुंह से निकला।

"डार्लिंग, क्या मेरे टायलेट जाते ही ऐसी गहरी नींद सो गए?"

"डार्लिंग?"

मैंने आश्चर्य में डूबते हुए उस औरत की ओर देखा, जवान औरत सुन्दर औरत, वह ढीला गाउन पहने हुए थी, लेकिन शरीर के जिस चढ़ाव-उतार से और जिस सुड़ौलता से वह गाउन टकरा रहा था, उससे उसके अन्दर के शरीर के आकर्षण का अनुमान लगता था।"

मैंने कहा, "यह मेरी पत्नी नहीं है, मैं इसे नहीं जानता।"

जवान औरत के सीने का उभरना-बैठना तीव्र होने लगा। उसकी आंखों में आंसू आने लगे। वह रुआंसी होकर कहने लगी, "यह तुम क्या कह रहे हो, अजय?"

सब लोग मुझे कड़ी निगाहों से देखने लगे, जैसे मैं कोई अपराधी हूं। कंडक्टर ने जेब से पैसिंजर लिस्टर निकालकर कहा, "यह कूपा मिस्टर अजयकुमार और मिसेज अजयकुमार के लिए बुक है, क्या आपकी पत्नी अन्दर हैं?"

क्रीजर पहने हुए अधेड़ आयु की औरत अब अपने कमरे से बाहर आ गई थी और कूल्हों पर हाथ रखे उस जवान औरत के पास खड़ी हो गई थी, जो अब सिसकियां ले-लेकर रो रही थी।

"नहीं तो," मैंने हिचकिचाते हुए कहा, "मैं वास्तव में अकेला सफर करना चाहता हूं, मैं नहीं चाहता कि कोई दूसरा पैसिंजर मेरे कूपे में आए, इसलिए मैंने दोनों बर्थ बुक करा ली थीं।" मैंने कंडक्टर से कहा। मगर

मैं समझ रहा था कि अब किसी को मुझपर विश्वास नहीं आएगा।

क्रीजर वाली औरत ने अपना रूमाल रोती हुई औरत को दिया, और फिर कूल्हों पर हाथ रखकर मेरी ओर क्रोध-भरी निगाहों से देखते हुए बोलीः "शर्म नहीं आती, आधी रात के समय अपनी पत्नी को कमरे से बाहर रखना चाहते हो। तुम दोनों में अगर कोई झगड़ा ही है तो उसकी यह सजा नहीं है। अन्दर जाओ जी तुम।" अधेड़ आयु की औरत ने जवान औरत को मेरे कूपे में धकलते हुए कहा।

"सर्दी के दिन हैं, बेचारी ठंड खा जाएगी।" कंडक्टर बोला।

जवान औरत अपनी बड़ी-बड़ी डबडबाई आंखें पोंछते हुए और अन्दर आते हुए बोली, "इन्हें कुछ मत कहो, यह जरा...।" इतना कहकर उसने एक उंगली से अपना माथा खटखटाया। अर्थ यह था कि मेरे मस्तिक का कोई पेच ढीला है।

मैंने जल्दी से दरवाजा बन्द किया और जवान औरत की ओर देखकर बोला, "यह क्या मजाक है? मैं आपको जानता तक नहीं और आपने अपने-आपको सबके सामने मेरी पत्नी बताकर मुझे यों लज्जित कर कर दिया?"

जवान औरत ने अन्दर से चटखनी लगा दी।

"रात तुम्हारे बर्थ पर सो जाऊं,"

"आपने मेरी बात का उत्तर नहीं दिया।"

वह आकर मेरी बर्थ पर बैठ गई और बैठे-बैठे अपने पांव के स्लीपर झुलाने लगी, फिर एक झुरझुरी-सी लेकर बोली, "बड़ी सर्दी है, जरा अपने कम्बल में थोड़ी-सी जगह दो।"

मेंने कठोरता से कहा, "आपको अगर मेरे ही कूप में सोना है, तो ऊपर के बर्थ पर जाकर सो जाओ।"

वह बोली, "एक लेडी को ऊपर का बर्थ ऑफर करते हुए शर्म नहीं आती।"

"शर्म तो आपको आनी चाहिए, एक अपरिचित पुरुष को अपना पति बताती हो, जिसने आज से पहले आपको कभी नहीं देखा, खैर... मैं ऊपर के बर्थ पर चला जाता हूं।"

उसने मेरा हाथ पकड़ लिया, बोली, "मुझे डर लगता है।"

"किस बात का डर?"

"अपने कम्बल में जरा-सी जगह दे दो, मैं अभी सब कुछ बताती हूं, हर बात बता दूंगी, मगर इस सर्दी में मत ठिठुराओं मुझे।"

वह मेरे कम्बल में आ गई। अपने कटे हुए बालों को, जो उसके चेहरे पर आ रहे थे, गर्दन झटककर पीछे घुमा दिया। उसकी गर्दन लम्बी और सुराहीदार थी, और गाउन के बटन गोरे-गोरे वक्षस्थल पर खुले हुए थे।

"बताइए।" मैंने कठोरता से कहा।

वह बोली, "अगर मैं तुम्हारे कमरे में न आती, तो इस समय मर चुकी होती।"

"कैसे?"

"मेरा पति मुझे मार डालता।"

"तुम्हारा पति किस कूपे में है?"

"वह दूसरी एअर कंडीशंड कोच में है, नाइन-एफ में, मेरा इंतजार

कर रहा है। मैं उसका इरादा भांप चुकी थी, किसी न किसी तरह टायलेट का बहाना बनाकर उधर वह कोच छोड़कर इस कोच में आ गई हूं।''

''तुमने मेरा ही दरवाजा क्यों खटखटा?''

''क्योंकि तुम अकेले थे, और जब गाड़ी बम्बई से चली उस समय भी अकेले थे।''

''साथ वाले कूप का अंग्रेज भी अकेला है।''

''मुझे विदेशी लोग पसंद नहीं।''

''मुझे यह सारी कहानी गढ़ी हुई मालूम होती है।''

''भगवान की सौगंध खाकर कहती हूं, यह बिलकुल सच है। आज रात मैंने अपने पति की आंखो में कत्ल का पक्का इरादा देख लिया थाः वह मुझे कत्ल करके टायलेट में डाल देता और सुबह शोर मचाता।''

''वह तुम्हें कत्ल क्यों करना चाहता था?''

''लम्बी कहानी है।''

''सुनाओं, रात कट जाएगी।''

''मुझे नींद आ रही है।'' उसने हल्की जम्माही ली और बड़ी अदा से अपने होंठ चबा लिए। उसके होंठ बड़े ही रसीले मालूम होते थे। उसके पांव के तलवे धीरे-धीरे मेरे पांव को खुजाने लगे। अजीब-सी सनसनी मेरे शरीर में दौड़ने लगी।

''तुम्हारे पति का नाम क्या है?''

''बहुत सवाल पूछते हो। अश्विनीकुमार बैनर्जी, मैं मिसेज बैनर्जी

हूं, नाइन-एफ, दूसरी कोच में जाकर अपना शक शुबह दूर कर लो, मगर भगवान के लिए आज रात मुझे इस कमरे से मत निकालो मेरी जान खतरे में है।''

मैंने उससे पूछा, ''क्या तुम्हें इसका डर नहीं है कि यहां तुम्हारी इज्जत खतरे में है?''

वह हंसी-हंसी की आवाज का हल्का-सा फव्वारा छूटा, जैसे एक साथ बहुत-सी बुलबुले एक गीत गा उठी हों। कहने लगी, ''जान से अधिक कोई चीज प्यारी नहीं होती।''

''पुराने जमाने की किताबों में तो कुछ और ही लिखा है।''

''मैं एक मॉडर्न लड़की हूं।''

''तुम्हारा पहला नाम क्या है?''

''शांत, शांता बैनर्जी।'' उसने दोहराया।

''मगर तुम बंगालिन तो मालूम नहीं होतीं?''

''मैं बंगालिन नहीं, नेपाली हूं।''

''संभव है तुम्हारा पति ढूंढ़ता हुआ यहां तक आ पहुंचे।''

''प्रथम तो वह आएगा ही नहीं।''

''क्यों नहीं आएगा?''

''इसलिए कि उसकी आत्मा पापी है।''

''और दूसरे?''

''दूसरी बात यह है कि अगर उसने ढूंढने की चेष्टा की तो अपनी

कोच में ढूंढ़ेगा, यहां तक क्यों आएगा?"

"और मान लो यहाँ तक भी आ गया?"

"तो तुम मुझे बचा लोगे। बचा लोगे ना?"

उसकी उंगलियो की पोरे मेरे सीने के बालों को छूने लगी, मेरे शरीर में लहरें-सी उठने लगीं। मैं अपने-आप पर काबू पाने की चेष्टा करने लगा।

वह मद-भरे लहजे में बोली, "मुझे नींद आ रही है।"

कुछ क्षणों के पश्चात् उसकी सांस धीरे-धीरे मगर लम्बी-लम्बी चलने लगी। उसका मुंह खुला था और चेहरा मेरे कन्धे पर था, और आँखे बन्द थीं, कपोलों पर लम्बी-लम्बी पलकों की कमाने कांप रही थीं और उसके रसीलें होंठ जरा-से खुले थे। जोश मारते मारते हुए होंठो की एक गर्म लहर मेरे तनबदन में आग लगातीं चली गई। मैंने एक झटके से उसे अपने सीने से लिपटा लिया।

"डार्लिंग...डार्लिंग..." उसकी आवाज का हल्का विरोध मुझे और भी उकसा रहा था, मैंने उसे अपनी बाँहो में कस लिया और अपने होंठ उसके रसीले होंठों पर रख दिए।

अंधेरी रात में रेल चली जा रही थी, छुक् छुक् छुक्!

यह तो मैं पहले ही कह चुका हूं कि गुलाबी गाउन के अन्दर उसका शरीर बड़ा ही आकर्षक था।

सुबह जब उठा तो बैरा चाय लेकर दरवाजा खटखटा रहा था। मैं जल्दी से बिस्तर से उठा, तो मालूम हुआ वह खाली है।

"कहां गई?"

सोचने लगा मैं, मगर अधिक सोचने का समय न था। बैरा चाय लिए दरवाजा खटखटा रहा था। कहीं रात वाला दृश्य किसी दूसरी तरह न दोहराया जाए! मैंने जल्दी से दरवाजा खोला, किसी कदर हिचकिचाते हुए। वह दरवाजे पर न थी, केवल बैरा था। वह दो की चाय लेकर आया था। अन्दर आते हुए उसने खाली बिस्तर पर निगाह डाली, फिर ऊपर की बर्थ की ओर देखा, फिर मेरी ओर शुबहा-भरी दृटि से देखते हुए बोला, "मेम साहब कहां गई?"

"टायलेट में।" मैंने उससे कहा और जल्दी से चाय रखवाकर दरवाजा बन्द कर लिया और अपना सामान देखने लगा।

मेरा सामान खोला गया था। दोनों सूटकेसों की अच्छी तरह तलाशी ली गई थी। बर्थ के ऊपर रखा हुआ छोटा बक्सा गायब था। कूपे के वार्ड- रोब में टंगे मेरे सूट की भी तलाशी ली गई थी, मगर सब रूपये-पैसे, चेकबुक और हर चीज अपनी जगह मौजूद थी, केवल छोटा बक्सा गायब था, और कोट के अन्दर की जेब में एक कार्ड मौजूद था। यह कार्ड मेरा न था' मैं इसे लेकर भी न आया था, इस कार्ड पर केवल इतना लिखा थाः

बहुत-बहुत धन्यवाद

शांता

मैं गौर करने लगा, कहां गई? किस समय गई? कुछ समझ में न आया। इतनी देर तक ऐसी गहरी नींद मैं कैसे सोता रहा। मेरी नींद इतनी गहरी तो कभी नहीं हुई। वह कब मेरे बिस्तर से उठी कि मुझे उसकी करवट तक का आभास नहीं हुआ। मैं सोचने लगा, सोचने लगा। कल रात के सन्नाटे में नशे के गहरे बहावों को चीरती

हुई किसी समय इंजेक्शन की सूई की एक नोक मुझ पर पहुंची थी, मगर इससे पहले कि मैं जाग सकूं, मैं गहरी नींद सो गया। लेकिन अब मेरा मस्तिक खूब जागा हुआ था, मैंने जल्दी से आस्तीन चढ़ाकर अपनी दोनों बांहे देखीं।

बाई बांह पर कन्धे के नीचे सूई का एक लाल चिन्ह था, हल्का-सा। अब तो मुर्झाने लगा था। मैंने उसे सूंघा, कुछ आभास न हुआ। अपनी आंखों के पपोटे देखे, समझ गया, कार्तालय, कल रात मुझे कार्तालय का इंजेक्शन दिया गया था, जो कुछ ही क्षणों में सुला देता है। कार्तालये से चार घंटे तक आदमी बिलकुल बेहोश रहता है। मेरे पपोटों का अंदरूनी रंग कह रहा था मुझे उस औरत ने रात के गहरे खुमार में किसी समय कार्तालय का इंजेक्शन दिया था, और मेरे सारे सामान की तलाशी ली थीं।

और अब वह छोटा बक्सा गायब था, जिसे मैं बड़ी सावधानी से बम्बई से लाया था, और जिसे मुझे सुरक्षित रूप से नैनीताल तक पहुंचा देना था। वह बक्सा मेरी मूर्खता से पहले हमले में ही गायब हो गया 'मिस्टर अजयकुमार तुम बड़े मूर्ख हो।' मैंने अपने आपसे कहा, औरतें सदा से तुम्हारी कमजोरी रही हैं, दुश्मन तक को तुम्हारी कमजोरी का पता है। क्या तुम जानते नहीं हो कि तुम्हारे बिस्तर में लेटी हुई औरत चलती- फिरती औरत से सौ गुना अधिक खतरनाक होती है!'

सब सामान अच्छी तरह से देखकर मैंने उस बर्थ को उलट दिया, जिस पर मैं रात को सोया था। बर्थ के नीचे मैंने एक डब्बा रखा था, वह डब्बा अपनी जगह मौजूद था। डब्बा खोलकर निगाह डाली तो आँखे हीरे की जगमगाहट से चौंधिया-सी गई। बहुत बड़ी हीरे की आँख। चारों ओर साफ-सफेद बड़ी बादामी सूरत की आंख, बीच में नीलम की बहुमूल्य पुतली।

मैंने हीरे की इस आँख को हथेली पर रखकर अलग-अलग कोणों से घुमाया। हीरों के रंग आग की लपटों की भांति बदलने लगे। जब मेरी तसल्ली हो गई, तो मैंने हीरे की नीलमी आँख को अपने कोट की जेब में रखा, सूट पहनकर बाहर निकला। बड़े ढंग और सावधानी से दोनों कोचों की तलाशी ली, कूपे झांककर देखे, चारों टायलेटों में देखा, मगर व्यर्थ था, वह औरत कहीं मौजूद न थी। कोटा स्टेशन के पुलिस के कमरे से हैडक्वार्टर फोन मिलाया। सब हाल बता दिया। उधर से हेमंतसिंह के हंसने की आवाज आई, ''तुम पहले हमले ही में चूक गए, अजय।''

मैंने कहा, ''तुमने मुझे बिलकुल नहीं बताया था कि वह एक औरत होगी। तुमने किसी अंग्रेज का नाम लिया था, और वह अंग्रेज अब भी मेरे साथ वाले कमरे में सफर कर रहा है।''

''और नीलम की आंख?'' हेमंतसिंह ने पूछा।

''मेरी जेब में है, उसकी डिबिया मैंने सोते समय बर्थ के नीचे की पर्त पर रख दी थी, ऊपर मैं सो गया था।''

''मगर जब तुम कार्तालय के इंजेक्शन से बेहोश हो गए, वह तुम्हारी करवट बदलकर तुम्हारी बर्थ के नीचे की तलाशी ले सकती थी।''

''मगर वह चूक गई।''

''चूक नहीं गई, हमारी सावधानी काम में आ गई, अगर तुम्हारे छोटे बक्से में हम नकली आँख न रखते, तो वह जरूर तुम्हारी बर्थ की भी तलाशी लेती और असली हीरे की आंख को ले जाती, जिसका मूल्य सत्तर लाख रुपये है।

''और नकली आँख कितने की होगी?''

''जयपुर से बनवाई थी, सत्तर हजार उस पर भी लगे थे। बिलकुल असली आँख से मेल खाती है। मगर आगे चलकर गैंग वालों को मालूम हो जाए कि वह गलती से नकली आँख उठाकर ले गए हैं, तो वह फिर तुम्हारा पीछा करेंगे। अब सावधान रहना। मैं चाहता था कि नैनीताल तक तुमसे कोई भूल न हो, और अगर हो तो नैनीताल में हो।''

''क्यों?''

''गैंग का केन्द्र नैनीताल में है। वहां अगर वे लोग तुम से नकली आँख चुरा ले जाते, तो तुम्हे उस गैंग की पहचान निकालने में अच्छी सहायता मिलती है। चलती गाड़ी में से कहां मिल सकती है।''

''मगर सर, आपने मुझे नहीं बताया कि इस प्रकार सुन्दर एक औरत, आपने तो एक अंग्रेज...'' मैं फिर सफाई पेश करने लगा, ''आप तो जानते हैं मेरी आदत।''

''एक रोज इसी आदत के कारण मारे जाओगे।'' उधर से हेमंतसिंह फिर हंसने लगा।

उसकी व्यंग्यात्मक हंसी मैं अधिक देर तक सहन न कर सका। आखिर मैंने पूछा, ''अब मेरे लिए क्या आज्ञा है?''

''अधिक परेशान होने की जरूरत नहीं है। असली हीरे की आंख हमारे पास मौजूद है, यानी तुम्हारे पास मौजूद है, इसलिए ज्यों ही उन लोगों को अपनी भूल का पता लगेगा वे फिर तुम पर हमला करेंगे।''

''इसलिए,'' मैंने पूछा।

''इसलिए उस अंग्रेज पर निगाह रखो, बल्कि कोशिश करो कि

वह तुम पर निगाह रखे। देखने में अपने-आपको बिलकुल मूर्ख प्रकट करो।''

''एक बार तो कर चुका हूं।''

''मेरा मतलब उस प्रकार की मूर्खता से नहीं है।'' हेमंतसिंह ने कड़े लहजे में कहा, ''बल्कि उस ढंग की क्रिया से है, जिससे दुश्मन को विश्वास हो जाए कि तुम किसी पर सन्देह नहीं करते हो, और विशेषकर उस अंग्रेज पर बिलकुल सन्देह नहीं करते हो, जो तुम्हारे साथ के कमरे में सफर कर रहा है।''

''और शांता बैनर्जी, या जो कोई भी वह औरत है?''

''उसका ख्याल छोड़ दो।''

''और अगर कोई मुझे मारने की कोशिश करे?''

''तो अपने आपको बचाओ, मगर खबरदार, किसी की जान मत लो।

हम सारे गैंग को पकड़ना चाहते हैं, जिनका केन्द्र नैनीताल में है। तुम्हारी गाड़ी में नहीं है। इस गाड़ी में दो से अधिक उनके एजेंट नहीं हो सकते। सावधान जरूर रहो, अपनी जान की भी रक्षा करो, मगर किसी पर हमला मत करो, वरना दुश्मन सावधान हो जाएगा, ओ.के.?''

''ओ. के.।''

''दिल्ली से रिर्पोट करो।''

''ओ. के.''

मैंने टेलीफोन रख दिया। बाहर निकला तो देखा कि रेलगाड़ी के एक प्रथम श्रेणी के डिब्बे के आगे बड़ी भीड़ है, और बहुत-से पुलिस के

लोग भी इकट्ठे हैं। मैं भागता हुआ उधर गया और भीड़ को चीरकर अंदर पहुंचा, तो फर्स्ट क्लास के एक टायलेट से पुलिस वाले एक लाश को निकाल रहे थे।

एक जवान सुन्दर औरत की लाश थी, जिसने चिनार के हरे पत्तों के छापे वाली रेशमी साड़ी पहन रखी थी। उसके बाल कटे हुए थे और माथे पर पिस्तौल की गोली का बहुत छोटा-सा दाग था और खून का एक छोटा-सा चकत्ता। उसे किसी पतली नाली वाली पिस्तौल से गोली मारी गई थी। आजकल यह छोटी-छोटी पस्तिौलें बड़ी सफलता प्राप्त कर रही हैं। एक तो इनमे आवाज बहुत कम पैदा होती है, दूसरे जेब में जगह बहुत कम घेरती हैं।

जब वे लाश को टायलेट से निकालकर बाहर प्लेटफार्म पर लाए, तो मैंने अच्छी तरह से पहचाना, और दिल ही दिल में दुःख प्रकट किया : 'बेचारी 'शांता बेनर्जी।'

फिर वे टायलेट से खाली बक्सा उठा कर लाए। बक्सा बिलकुल खाली था, उसके अन्दर से नकली हीरों की आंख गायब थी।

बेचारी शांता हीरे की नकली आंख के लिए मारी गई। गैंग ने उसे अपने काम के लिए इस्तेमाल किया था। और जब वे उसके द्वारा अपनी जानकारी में असलीं हीरों की नीलम वाली आंख चुराकर ले गए, तो उन्होंने अपना कार्य पूर्ण हो गया समझकर उसे मार डाला। जुर्म के सबूत और चिन्ह जितने कम रहें उतना ही अच्छा रहता है, फिर औरत तो कभी न कभी बक देती है। इसे खत्म कर देना ही ठीक होता है।

वह अंग्रेज, जिसके कूपे पर मिस्टर राबर्ट हिल लिखा हुआ था, एक गहरी गम्भीर नजर शान्ता पर डालकर चला गया। कुछ क्षणों तक वह मेरे पास खड़ा रहा, और मैं भी दिल ही दिल में उससे चौकन्ना खड़ा

रहा। कद में वह मुझसे कोई दो इंच ऊंचा निकलता होगा। छः फुट के लगभग उसका कद होगा, शरीर मुझसे दुबला। मगर कुछ दुबले शरीर फौलाद की सी लचक का आभास दिलाते हैं। राबर्ट हिल का शरीर भी कुछ इसी बनावट का मालूम होता था, आगे चलकर ठीक से मालूम हो जाएगा, मैंने सोचा।

कोटा स्टेशन पर गाड़ी दो घंटे लेट रही। यहां मेरा बयान लिखा गया, क्योंकि मैंने शान्ता बैनर्जी की पहचान की थी। मैं न करता तो दूसरे लोग कर देते। वही अंग्रेज कर देता, बैरे कर देते, क्रीजर पहनने वाली औरत कर देती। चाल भी यही चली गई थी कि असली आंख प्राप्त करके मुझे इस अभियोग में फंसा दिया जाए। मगर पुलिस स्टेशन पर हैडक्वार्टर से सूचनाएं आ चुकी थीं। मेरा बयान लिखकर, मेरी जमानत लेकर, जो स्वयं पुलिस वालों ने प्राइवेट ढंग से की थी, मुझे गाड़ी में सफर करने की आज्ञा दे दी गई।

"बाक्से में क्या था?" पुलिस इंस्पेक्टर ने जब मुझसे यह प्रश्न किया तो उस समय भी वह अंग्रेज मेरे सामने खड़ा था।

मैंने कहा, "उसमें मेरी पत्नी की ज्वेलरी थी, जो मैं सावधानी से नैनीताल लिए जा रहा था।"

"कौन-सी पत्नी? रात वाली?" पुलिस इंस्पेक्टर ने प्रश्न किया। सब लोग हंस पड़े।

"जी नहीं, मेरी असली पत्नी, वह पत्नी तो चोरी के इरादे से अन्दर आई थी मेरे कूपे में, और चोरी करके गायब हो गई। मगर उसे वह ज्वेलरी पहनना नसीब न हुई, बीच में कोई दूसरा ले उड़ा। बेचारी जान से भी गई।"

"वह दूसरा कौन हो सकता है?" इंस्पेक्टर ने पूछा, "क्या तुम्हें

किसी पर शुबहा है?"

मैंने भीड़ में चारों ओर निगाह डाली। एक क्षण के लिए मेरी निगाह अंग्रेज के चेहरे पर भी ठहरी।

फिर मैंने कहा, "मैं क्या कह सकता हूं। सम्भव है वह आदमी इस भीड़ में खड़ा हो, गाड़ी में सफर कर रहा हो, पिछले किसी स्टेशन पर उतर गया हो, चलती गाड़ी से कूद गया हो।

अंग्रेज के चेहरे पर व्यंग्स-भरी मुस्कराहट आई, फिर वह भीड़ में गायब हो गया।

राबर्ट हिल नई दिल्ली के स्टेशन पर उतर गया, मैं पुरानी दिल्ली स्टेशन पर उतरा। इससे पहले रास्ते में मथुरा स्टेशन पर उतर मैंने दूसरी एअर कंडीशड कोच में घुसकर इतना तो मालूम कर लिया था कि शांता ने आधा सच अवश्य बोला था। मिस्टर और मिसेज अश्विनीकुमार बैनर्जी का कार्ड नाइन—एफ के बाहर लगा था। मैं अश्विनीकुमार बैनर्जी की सूरत देखने के लिए बैचेन था, मगर मथुरा स्टेशन पर वे उतरे नहीं, नई दिल्ली के स्टेशन पर भी दिखाई नहीं दिए। उत्सुकता बढ़ गई।

पुरानी दिल्ली के स्टेशन पर जब मेरा सामान बाहर निकला, तो मैंने देखा कि दूसरी कोच से अधेड़ आयु का एक बंगाली दोहरे पेट और ढीली पतलून वाला, आंखो पर चश्मा चढ़ाए, नीचे उतर रहा है। उसके साथ बहुत सामान था। थोड़ी देर के बाद अधेड़ आयु की एक बंगालिन, माथे पर सिन्दूर का बड़ा-सा-टीका और पांव में महावर लगाए, उतरी और आकर अपने पति के साथ खड़ी हो गई। दोनों पति-पत्नी इतने घरेलू अपराध और पाप की दुनिया से इतने दूर, दिखाई देते थे कि मैं बेकाबू होकर अपने सन्देह और शुबहों पर मुसकरा उठा। उन्हें लेने के लिए उनके रिश्तेदारों की एक पलटन जमा थी, और वे सब बारी-बारी

अश्विनी दादा और मिसेज बैनर्जी के पांव छू रहे थे। तीखे चिन्ह, जैतूनी रंगत और कमर से नीचे तक आने वाले खुले बालों वाली लम्बी कद की बैदे-मजनूं की डाली की भांति डोलने वाली एक सुन्दरी भी उस ग्रुप में मौजूद थी, और जब पांव छूने के लिए झुकी, और फिर पांव छूकर उठी तो मेरे मस्तिक में उसके शरीर की हजार आकृतियां क्षण पर क्षण उभरती चली गई। औरत के विषय में सदा मैं अपनी निगाहों की परख का कायल रहा हूं। इस समय उस बंगाली सुन्दरी को देखकर, मेरा मन उसके शरीर के हर जोड़-तोड़ के साथ डोलने लगा। दिल की हालत यदि यों न होती, यानी डावांडोल न होती तो मैं आज अपनी योग्यता के बल-बूते पर इंस्पेक्टर जनरल पुलिस होता। किसी भी इंसान की प्रगति और गिरावट के विषय में केवल उसके भाग्य का ही नहीं, उसकी कमियों और कमजोरियों का भी हाथ होता है। मुझे अपनी कमियों का बहुत अच्छी तरह आभास है, मगर क्या करूं, जीवन के जो क्षण औरतों की सुन्दर-सुन्दर मूर्तियों की दिलदारी में बीते हैं, इंस्पेक्टर जनरल की मेज से सुन्दर और बड़े ही सुन्दर दिखाई दिए हैं।

मगर स्टेशन पर ठहरने के लिए मेरे पास अधिक समय न था और जरूरी काम सामने थे, इसलिए कुली के सर पर सामान लदवाकर स्टेशन से बाहर आ गया, और टैक्सी पकड़कर सीधा मैट्रो होटल में आ गया, जहां पहले से मेरा कमरा बुक था।

मुझे आज भी नई दिल्ली के क्षेत्र से पुरानी दिल्ली की सिविल लाइन्स का क्षेत्र अधिक पसन्द है, और नये भव्य होटलों के बजाय पुरानी दिल्ली का मेरा महबूब होटल मैट्रो ज्यादा पसन्द है : लम्बे बरामदे, पुराने ढंग के खम्भे, खुले हवादार कमरे, और ऊंची नक्काशीदार छतें, और फर्नीचर समय से जरा पुराने, किसी कदर विक्टोरियन रंग लिए हुए। इस होटल के कमरे में आते ही, किसी बक्से में घुसने का आभास नहीं

होता, किसी पुराने धनवान के आरामदेह घर में स्वागत किए जाने का आभास होता है। होटल के नौकर मेरा सामान सात नम्बर के कमरे में रख गए, जहां से होटल के पीछे स्वीमिंग पूल का दृश्य अच्छा दिखाई देता है। स्वीमिंग पूल से परे गुलाब की क्यारियां थीं। और उनसे मिले हुए अमलताश और नीम के धने पत्तों के झूमरों के घने साये, जो लान की हरी घास पर धूपछांव की डोलती-कांपती शतरंजिया बनाते, निगाह को चैन, दिल को आराम और आत्मा को हर्ष प्रदान करने वाले होते हैं।

जब होटल के नौकर सामान रखकर चले गए, तो मैंने होशियारी से कमरे में चारों तरफ देखा, और गलीचे पर लोट लगाके डबल बेड के नीचे चला गया, जो कि खुफिया माइक्रोफोन के लिए अच्छी जगह समझी जाती है। फिर टेबल लैम्प को ऊपर-नीचे से ध्यानपूर्वक देखा। टेबल लैम्प ठीक था। फिर जहां तस्वीरें टंगी थीं उनके पीछे के स्थान को ध्यान से देखा, यह स्थान भी खुफिया माइक्रोफोन के लिए श्रेष्ठ प्रमाणित होते हैं। मगर ये तस्वीरें और पीछे छुपे हुए दीवारों के चप्पे भी किसी खुफिया यंत्रों से खाली थे। उनकी परीक्षा से निपटकर वार्डरोब के सामने खड़ा हो गया। आईने में अपनी सूरत देखी, टाई की गांठ को ठीक किया।

एकाएक वार्डरोब का पट धीरे-धीरे आप-ही-आप खुलने लगा। मैं छलांग लगाकर एक ओर हो गया।

चक-चूं की आवाज के साथ वार्डरोब का पट धीरे-धीरे खुलता जा रहा था। मैंने जेब से पिस्तौल निकालकर अपने हाथ में लिया।

अब मेरी निगाहें वार्डरोब पर गड़ी थीं। वार्डरोब का दरवाजा खुलता गया, खुलता गया, फिर पूरा खुलकर झूलने लगा। कुछ लम्बे-लम्बे क्षण इस सन्देह में बीत गए कि वार्डरोब के अन्दर क्या है, और अब बाहर

क्या निकलेगा, मगर जब दरवाजा झूलकर रुक गया, तो मैंने आगे बढ़कर वार्डरोब के अन्दर झांका।

अन्दर कुछ न था, कपड़े टाँगने के लिए कुछ हैंगर, और पुराने अखबार बिछे हुए, और कुछ नहीं। पता लगा वार्डरोब का पट ढीला था, बस। मैंने वार्डरोब धीरे से बन्द किया, वह बन्द हो गया। फिर आप ही आप खुलने लगा, मैं मुसकरा उठा।

''कम्बख्त आप ही आप खुल जाता है।'' पीछे से आवाज आई, मैं चौकन्ना होकर पलटा, तो अश्विनीकुमार बैनर्जी मेरे पीछे के बाथरूम से निकल रहा था। उसके हाथ में पिस्तौल थी।

दूसरे हाथ में उसने मुझे सोफे पर बैठने का संकेत किया, मगर मेरे हाथ में पिस्तौल थी उसका उसने कोई नोटिस नहीं लिया।

मैं सोफे पर बैठ गया, क्योंकि अविश्वनीकुमार ने पीछे से ही मुझे निशान बना लिया था, उंगली लबलबी पर थी।

फिर वह हंसा, उसने पिस्तौल जेब में डालते हुए कहा, ''तुम मुझे शरीफ और अच्छे आदमी मालूम देते हो, तुमसे बिजनेस की जा सकती है।''

''क्या मतलब?''

''पिस्तौल जेब में रख लो।'' अश्विनीकुमार ने अपनी पिस्तौल जेब में मे रखकर कहा, ''पिस्तौल हाथ में लेकर बिजनेस नहीं हो सकता, डाका जरूर डाला जा सकता है, और अभी उसका समय नहीं आया।''

मैंने कहा, ''मैं अभी तक आपका मतलब नहीं समझा, आप चाहते क्या हैं?''

''वही हीरे की आंख, जो तुम्हारे पास कहीं मौजूद है।''

“जो आँख मेरे पास मौजूद थी, वह तुम्हारे एजेंट ने चुरा ली।”

“वह नकली थी।”

“तुम्हारे एजेन्ट ने मुझे बेहोश करके मेरे सारे सामान की तलाशी ले ली थी।”

“वह तो ठीक है, मगर तलाशी लेने पर भी वह आँख नहीं मिली, सत्तर लाख की उस आँख के लिए हम लोग तुमसे बिजनेस करने के लिए तैयार है।”

“मिसाल के तौर पर?”

“मिसाल के तौर पर तुम अभी तक इंस्पेक्टर हो, सिर्फ एक इंस्पेक्टर! क्या वेतन होता है मैं जानता हूं। इसलिए मान लो कि अगर तुम्हें उस हीरे की आंख के बदले एक लाख रुपया दे दिया जाए?”

“मगर मेरे पास वह आंख है ही नहीं।”

“दो लाख?” अश्विनीकुमार बोला।

“शान्ता बैनर्जी बड़ी सुन्दर लड़की थी।” मैंने उससे कहा, “वह तुम्हारी क्या होती थी?”

“कुछ नही।”

शायद इसीलिए तुमने उसे रास्ते से हटा दिया, नकली आंख का क्रोध उस पर उतार दिया।”

“मैंने उसे कत्ल नहीं किया।”

“फिर किसने किया?”

अश्विनीकुमार उत्तर में मुस्करा दिया, कुछ क्षण चुप रहकर बोला,

"यह जानना तुम्हारा काम है, मैं तो एक बिजनेसमैन हूं, केवल बिजनेस की बात तुमसे करने आया था। वे लोग ढाई लाख तक तुम्हें देंगे, तुम्हारी सारी जिन्दगी आराम से बीतेगी।"

मैंने कहा, "अगर जिन्दगी आराम से बितानी होती तो ऐसे काम हाथ में क्यों लेता?"

"तुम नौजवान हो।" उसने मुझसे कहा, "अभी रुपए के मूल्य और महत्व से परिचित नहीं हो। अधेड़ आयु में महसूस करोगे, तब तक बहुत देर हो चुकी होगी : तीन लाख?"

"नहीं।" मैंने इन्कार में सिर हिलाया।

"क्यों?"वह चकित होकर बोला।

"इसलिए कि हीरे की आंख मेरे पास नहीं है, अगर होती तो शायद मैं उसे तीन लाख के बदले में दे देता।"

अश्विनीकुमार कहने लगा, "आखिरी ऑफर चार लाख का है।"

"क्या खरीदार तुम हो?"

"मैं तो केवल एक व्यापारी हूं, अगर तुम मान जाते तो एक अच्छा कमीशन मुझे मिल जाता।

"शान्ता बैनर्जी कौन थी?"

"मैं नहीं जानता।"

"क्या उसने तुम्हारे कहने से वह नाटक नहीं किया था, अपने जीवन का अन्तिम नाटक?"

"किस नाटक की तुम बात कर रहे हो?" वह आश्चर्य से पूछने

लगा। उसकी आवाज में सच्चाई की गूंज का आभास हुआ। कई प्रश्न मेरे मस्तिक में चक्कर काटने लगे, ''अश्विनीकुमार यदि स्वयं खरीदार होता तो? मगर वह ऐसा लगता नहीं है। यह ठीक है कि पिस्तौल उसके हाथ में थी और वह उससे पहले कमरे में मौजूद था। उसकी शक्ल-सूरत,चाल-ढाल, अन्दाज बता देते थे कि वह आसान जिन्दगी व्यतीत करने का आदी है। प्रकट है वह किसी का भेजा हुआ है, मगर किसका?''

मैंने उससे कहा, ''अगर वह हीरे की नीलामी आंख मेरे पास होती तो मैं तुमसे बात कर सकता था, मगर सच्चाई तो यह है कि वह मेरे पास नहीं है, वरना मैं पांच लाख में सौदा कर लेता।''

''तो किसके पास है वह?'' अश्विनीकुमार कुछ परेशान दिखाई देने लगा।''

''काश कि मुझे कुछ मालूम होता, लेकिन अगर मुझे कुछ मालूम हो जाए तो मैं तुमसे कब और कैसे मिल सकता हूं?''

अश्विनीकुमार बोला, ''जितने दिन तुम इस होटल में रहोगे, मैं भी रहूंगा।''

''इसके बाद?''

अश्विनीकुमार ने एक कार्ड मुझे दिया। ''मैं मालिक राम पार्क के नये बाजार में 'एन टेक' बेचता हूं, मेरा असल धन्धा वही है।''

''मगर यह भी तो वही धन्धा है।''

''नहीं, मैं ऐसे खतरनाक कामों में ज्यादा नहीं उलझता। बीवी-बच्चों वाला आदमी हूं। मगर आजकल तुम जानते हो, हर किसी को रुपया चाहिये और ज्यादा चाहिए। और जब वह मिला तो उससे ज्यादा चाहिए।''

वह हंसने लगा, उसकी हंसी में कोई बनावट न थी।

"अगर तुम मेरी बात मान जाते तो मुझे उन लोगों से अच्छा कमीशन मिल जाता। सत्तर लाख का सौदा बुरा नहीं होता, इसलिए मैंने इसे हाथ लगाया था। एक लड़की का इस सौदे में खून हो चुका है।" अश्विनीकुमार ने दुःख से सर हिलाते हुए कहा, "यह ठीक है, मगर यह भी ठीक है कि हर बड़े सौदे से खून के छींटे उड़ते हैं। यह मूल्य है जो हमें-तुम्हें चुकाना पड़ता है, वरना सरकारें कैसे बनें, जमींदारियां कैसे चलें, व्यापारिक जागीरदारियां कैसे आगे बढ़े, और मैं 'एन टेक' का धन्धा क्यों ग्रहण करता?"

मैंने सोफे से उठकर कहा, "मिस्टर बैनर्जी, अपराध के जीवन में अत्यंत सावधानी की जरूरत है, मैं तुम्हें खबरदार करता हूं।"

अश्विनीकुमार ने सोफे से उठकर कहा, "तुम कोशिश करके देख लो, मैं तुम्हारे हाथ नहीं लगूंगा, क्योंकि मैं एक ईमानदार आदमी हूं। मैं अपराधियों की दुनिया में उस किनारे पर रहता हूं, जहां यह अपराधियों और अभियुक्तों की दुनिया की सीमा ईमानदार जीवन की सीमाओं से मिलती है, और जहां बहुत ही दयानतदारी से आपस में लेन-देन होता है। मैंने तुम्हें जो ऑफर दिया, वह बड़ा ही ईमानदारी और दयानतदारी का ऑफर था। आओ, इसे स्वीकार कर लो, वरना वे लोग हर कीमत पर तुमसे वह हीरे की आंख उड़ा लेने में सफल हो जाएंगे, और तुम्हारे पल्ले एक धेला नहीं पड़ेगा, इसलिए...।"

"हम फिर मिलेंगे।" मैंने अश्विनीकुमार से कहा और उसे दरवाजे तक छोड़ने गया। दरवाजे से बैरा मेरे लिए चाय लेकर आ रहा था।

"तो क्या एक कप चाय भी ऑफर नहीं करोगे?" अश्विनीकुमार ने मुझसे पूछा।

"क्यों नहीं जरूर, जरूर।" मैंने उत्तर दिया और बैरे से सम्बोधित होकर कहा, "बैरा, साहब के लिए एक कप चाय का बनाओं।"

बैरे ने बड़े ही सभ्य अन्दाज में चाय की ट्रे तिपाई पर रखी। चाय बनाकर जब अश्विनीकुमार को देने लगा, तो मैंने देखा कि अश्विनीकुमार का हाथ ज्यों ही चाय का कप लेने के लिए आगे बढ़ा बैरे ने चाय का कप हवा में उछाल दिया। एकाएक सारा कमरा धुएं से भर गया। दूसरे क्षण मेरे निकट चाकू का एक फल लहराया।

यदि मेरे मस्तिक ने बिजली की गति से काम न लिया होता तो उसी समय मैं मुर्दा होता। पहले कुछ क्षणों में मैं समझ गया कि चाय के कप में चाय के बजाय धुआं पैदा करने की योजना थी। और कि यह धुआं जहरीला और बेहोश कर देने वाला है और यह चाकू का फल मेरे सीने में उतरने को है। मैंने गलीचे पर गिरकर चोट लगाई, और सीधा बाथरूम का रुख किया, अन्दाजे से।

धुआं चारों ओर फैल चुका था। मेरे सीने में खांसी उठ रही थी, मगर किसी प्रकार से मैंने अपनी खांसी को जबरदस्ती रोक दिया, वरना दुश्मन को मालूम हो जाता, मेरी आवाज से, कि मैं कहां पर हूं। गलीचे पर लोट लगाते हुए चाकू के फल से कतराकर मैं बाथरूम की दहलीज पर पहुंच गया एकाएक मेरे हाथ किसी के पैरों से टकराए, और मैंने जोर लगाकर अपनी टांगो से पूरी शक्ति से उन्हें अपने से दूर धकेला। आक्रमण एकाएक था, इसलिए अगले ही क्षण मुझे किसी के वार्डरोब पर गिरने और चीखने की आवाज सुनाई दी। फिर सन्नाटा छा गया।

मैंने जल्दी से बाथरूम में घुसकर अन्दर से दरवाजा बन्द कर लिया और रोशनदान खोल दिया। कुछ क्षण पश्चात् बाथरूम में से धुआं कम होने लगा और मेरे पपोटे साफ होने लगे, फिर भी जो खांसी मैं अब

तक रोके हुए था, उसने मुझपर अधिकार पा लिया, और मैं जोर-जोर से खांसने लगा। अगले ही क्षण किसी ने बाथरूम पर दस्तक दी। दरवाजा पीटने और तोड़ने की कोशिश होने लगी।

बाथरूम का दरवाजा इतना मजबूत भी न था, किसी भी शक्तिशाली आदमी के थोड़े-से हमलों से टूट सकता था। मैंने पिस्तौल जेब से निकाली और इण्टरकाम टेलीफोन पर रिसीवर उठाकर स्टेशन को टेलीफोन किया। "हैलो-हैलों स्टेशन?"

"यस सर।"

"कुछ बदमाश लोग जबर्दस्ती मेरे कमरे में घुस आए है रूम नं. 17 वेस्ट विंग में बाथरूम में हूं। वे लोग बाथरूम का दरवाजा तोड़ने की कोशिश कर रहे है, सिक्योरिटी जल्दी भेजिए और..."

टेलीफोन कट गया, मगर सौभाग्य से मेरी सूचना स्टेशन को मिल चुकी थी। दरवाजे को बड़े जोर-जोर से धक्के लग रहे थे, मैंने प्वाइंट थ्री-पिस्टल, जो मेरे सीने के दायें ओर एक जेब में रखा था, निकाला और उसे बाथरूम के दरवाजे पर दाग दिया और दांत पीसकर बोला, "अगर किसी ने अन्दर आने की कोशिश की तो...।"

फिर दूसरा फायर किया। बाहर कमरे में पकड़-धकड़ हो गई थी, भांति-भांति की आवाजें आ रही थीं, लगता था सिक्योरिटी पुलिस अन्दर आ गई थी।

मैंने एक रूमाल पानी में भिगोकर अपने नथुनों और होंठों पर रखा और जब किसी ने बाथरूम पर खटखट के बाद कहा, "सर।" तो मैंने सावधानी से दरवाजा खोल दिया, और एक ओर को पिस्तौल लेकर खड़ा हो गया। एक लम्बा-तगड़ा सिख खाकी वर्दी पहने और हाथ में पिस्तौल लिए बाथरूम के दरवाजे से लगकर बोला, "सरकार, बाहर आ जाइए,

अब कोई खतरा नहीं है।''

मैं फिर भी सावधान, पिस्तौल हाथ में लिए, अपनी रक्षा के लिए हर समय तैयार बाथरूम से निकला कमरें में धुआं छंट चुका था, रोशनदान, खिड़कियां, दरवाजे सब खोले जा रहे थे। विषैले धुएं का बहुत कम प्रभाव शेष था, मगर मेरा सिर फिर भी चकरा रहा था, फर्श पर अश्विनीकुमार बैनर्जी बेहोश पड़ा था।

''यह आपकी बांह से खून बह रहा है, साहब।'' सिक्योरिटी के एक जवान ने मुझसे कहा।

उसके कहते ही मेरी नजर अपनी बाई बांह पर पड़ी। चाकू का एक हल्का-सा बार उस पर पड़ा था, शायद उस समय जब मैंने दोनों घुटने समेटकर जोर से धुएं में चाकू वाले दुश्मन को लात मारी थी। एक जरा-सी गलती होती और चाकू मेरे सीने में होता।

''घाव बहुत साधारण हैं'' मैंने सिक्योरिटी के जवान से कहा।

''फिर भी तत्काल पट्टी करा लीजिए, सम्भव है घाव विषैला हो।''

''वह तो हो जाएगा सब कुछ, मगर इस बिजनेसमैन अश्विनीकुमार बैनर्जी को गिरफ्तार करना बहुत जरूरी है।''

''यह तो बेहोश है, भागकर कहां जाएगा।''

''और इसका सहायक चाकू मारकर कहां गया?''

''पकड़ा गया है साहब, वही बैरे का भेस बदलकर चाय लेकर कमरे में आया था।''

''और चाय की प्याली में डबल डी फोर घुला हुआ था, जिसे

उसने हवा में उछाल दिया था। उसी समय कमरे में विषैला धुआं फैलने लगा, मैंने इस गैस को सूंघते ही पहचान लिया था, मगर मैंने होटल की सिक्योरिटी के ख्याल से इस विषय में कुछ कहना ठीक न समझा। मालूम करने वाले स्वयं मालूम कर लेगें।...और बैरा।"

"जी?"

"मेरा मतलब है, असल बैरा कहां है? या कि यह आदमी होटल के बैरों में नया-नया आया था?"

"जी नहीं साहब।" सिक्योरिटी के सिपाही ने कहा, "असल बैरा पैण्टरी में बंधा हुआ पाया गया। चाकूमार को हम पुलिस को सौंप देंगे, थाने का टेलिफोन हो चुका है।"

"चाकूमार है कौन? कुछ जानते हो, जरा मैं उसकी शक्ल देखूं।"

"देखकर क्या कीजिएगा साहब, कोई नया आदमी नहीं है, इस शहर का मशहूर चाकूमार है। उसका असली नाम धमाल है, मैं उसे जानता हूं, लेकिन अपराधी-पेशा दुनिया में वह 'गोलकुंडा' के नाम से मशहूर है।"

'मशहूर आदमी है।' मैंने सोचा। तो फिर उससे कुछ प्राप्त करना पुलिस के लिए भी कठिन होगा। मेरा ख़्याल है कि दुश्मन ने, जो कोई भी है, लगता है वह अश्विनीकुमार बैनर्जी ही है, उसे मुझे जख्मी करने या जान से मार डालने, या मुझे बेहोश करके मेरे कमरे और कपड़ों की तलाशी के लिए इस्तेमाल किया होगा। सिर्फ एक गुंडे की बिसात से, इससे अधिक स्वयं उस गुंडे को कोई खबर न होगी। पुलिस की छानबीन व्यर्थ होगी, इसका अब मुझे विश्वास हो चला था। सिक्योरिटी का सिपाही मुझे बाहर बरामदे में ले गया, जहां एक सोफे पर बिठाकर मेरी पट्टी की गई। मैंनेजर ने आकर मुझसे क्षमा मांगी और मामले को दबा देने की इच्छा प्रकट की, वरना उससे होटल के नाम और उसकी

साख को धक्का पहुंच सकता हैं मैंन हर ढंग से सहयोग देने का वचन दे दिया।

रात के खाने के बाद मैंने कमरे को अन्दर से ठीक से बन्द किया, और बम्बई से तार मिलाया, हेमन्तसिंह की आवाज करारी और व्यंग्य-भरी सुनाई देने लगी। अंग्रेजी का एक शब्द है : नेस्टी! हेमन्तसिंह के लहजे में यह नेस्टीपन बहुत होता है, जिसे सुनकर मेरा खून खौलने लगता है। मगर कुछ कर नहीं सकता मैं, क्योंकि वह अपना बॉस है।

"चोट तो साधारण है।"

"और अश्विनीकुमार बैनर्जी के बारे में तुम्हारा क्या ख्याल है?"

"वह बदमाश बिजनेस में या तो दुश्मनों से मिला है, या स्वयं इस गैंग का सरदार है।"

"फिर वह बेहोश क्यों पाया गया?"

मैंने कहा, "सम्भव है, इस हीरे की आंख को चुराने के लिए दो गैंग काम कर रहे हों, और अश्विनीकुमार एक गैंग से सम्बन्ध रखता हो, और वह चाकूमार दूसरी गैंग से।'

'अगर यों भी हो तो यह बताओ कि चाकूमार ने अश्विनीकुमार को खत्म क्यों नहीं कर दिया? तुमने तो बाथरूम में घुसकर अपनी सुरक्षा कर ली थी, मगर अश्विनीकुमार को बचाने वाला कौन था?"

"मेरा टेलीफोन, जो मैंने स्टेशन को कर दिया था।"

"गलत।" हेमन्तसिंह व्यंग्यात्मक हंसी हंसकर बोला। उसका लहजा ऐसा नेस्टी था कि मेरा जी उसकी आवाज में चाकू का फल चुभोने को करने लगा, मगर विवशता यह है कि अभी तक किसी ऐसे चाकू का आविष्कार नहीं हुआ जो आवाज को कत्ल कर सके। "तुम

समझे नहीं, अश्विनीकुमार किसी गैंग से सम्बन्ध नहीं रखता, वह हमारा आदमी है।"

"हमारा आदमी?" मैं चीखा।

"हां, उसे तुम्हारी परीक्षा लेने के लिए भेजा था। यह प्रपोजल सत्तर लाख रुपए का है, किसी के दिल में भी बेईमानी आ सकती है, उसे तुम्हारी ईमानदारी की परीक्षा लेने के लिए भेजा गया था, मुझे दुःख है कि तुम उस परीक्षा में पूरे उतरे।"

मैं उसे गालियां देने लगा, उसको नहीं, किसी को भी नहीं, मगर मेरे अन्दर से गालियों की एक लाइन-सी फूट पड़ी थी, मैं अनगिनत गालियां देता चला गया। हेमन्तसिंह हंसता चला गया। जब मेरी गालियों का ताँता टूटा तो वह बोला, "हमारा काम ही ऐसा है, कभी-कभी अपने एजेंटों को भी परीक्षा में डालना पड़ता है। इस काम में डबल क्रासिंग बहुत होती है।"

"अब क्या यह सम्भव नहीं है, मैं किसी समय डबल क्रासिंग कर जाऊं?"

"मुझे तुमसे यह आशा नहीं है, लेकिन अगर कभी इसका खतरा हुआ तो इसको भी प्रबन्ध कर लिया जाएगा।"

मैं दांत पीसकर बोला, "जो भी हो, आप इसका इन्तजाम जरूर कीजिए अश्विनी मेरे निकट न फटकने पाए, वर्ना..." मैं फटकारते हुए चुप हो गया।

"अश्विनीकुमार अपना काम पूरा कर चुका, वह दो दिन अस्पताल में आराम करेगा, फिर उसे कोई दूसरा काम सौंप दिया जाएगा, उसके स्वागत को तैयार रहो।"

"तो इसका मतलब तो यह हुआ," मैंने विषय को दूसरे दृटिकोण से सोचते हुए कहा, "कि वह चाकूमार ही दुश्मन की गैंग का भेजा हुआ था; अश्विनीकुमार नहीं, और चूंकि उसने अश्विनीकुमार को छुआ तक नहीं, और चाकू का फल केवल मुझे लगा, इससे प्रकट है कि दुश्मन बम्बई से ही मेरी ताक में है, यानी उसे मालूम है कि..."

"यस-यस, तुम ठीक समझते हो।"

"मगर सर, इसका मतलब तो यह भी होता है कि जरूर हमसे कोई भूल ऐसी हुई है, कि दुश्मन को हमारे प्लान का बम्बई से ही पता लग चुका है।"

"मैं उसकी छानबीन कर रहा हूं, हो सकता है हमारा कोई एजेंट ही... ।"

हेमन्तसिंह चुप हो गया। फिर एक लम्बे मौन के बाद बोला, "मेरे खयाल में तुम्हारा अब देहली में रहना अधिक दिन तक ठीक नहीं है, जितनी जल्दी हो सके नैनीताल पहुंच जाओ।"

हेमन्तसिंह ने बातों का सिलसिला बन्द कर दिया। मैं आराम से बत्ती -बुझाकर लाक कमरे में से गया। आज अच्छी नींद आएगी, क्योंकि मेरे कमरे के बाहर होटल की सिक्योरिटी के लोग पहरा दे रहे थे।

नैनी झील लम्बे-ऊंचे बादबानों वाली किश्तियां राजहंसों भांति डोल रही थीं। सेलिंग जोरों पर थी। याट क्लब के कार्ड रूम में सदस्य ताश खेल रहे थे। कुछ लोग बार में बीयर पी रहे थे। औरतें लेडीज रूम में शाम का मेकअप कर रही थीं, और लिबासों का चुनाव, जो बड़ा ही कठिन होता है। मैने इधर-उधर निगाह डाली, लाउंज में उकताई हुई सी

मौनता थी। मैं अपना बीयर का गिलास उठाकर बाहर लकड़ी के बरामदे में आ गया। जहां बरामदे को सहारा देने वाले लकड़ी के मजबूत खम्भे आधे से अधिक झील के पानी में डूबे हुए थे। गिलास अपने सामने मेज पर रखकर मैं झील में बादबानी नौकाओं की सेलिंग देखने लगा। मजे की रेस होती है बादबानी नौकाएं यों कतराकर एक-दूसरे के पास से निकल जाती हैं, जैसे कोई चंचल सुन्दरी शरीर चुराकर पास से निकल जाए। वायु में देवदार की भीनी-भीनी सुगन्ध थी और बीयर का स्वाद किसी शरीर लड़की के न्यंग्यात्मक वाक्य की भांति हल्का-सा कड़वा। मैंने बीयर का एक लम्बा- सा घूंट लिया, गिलास को मेज पर रखने से पहले उसे आंखो के सामने लाया, तीसरे पहर के सूर्य की साफ किरणें बिना बिकनी पहने सुन्दरियों की भांति बीयर के रंग में नहाने लगीं। नैनी झील का रंग नीला है, नीलम की आंख, पहाड़ के माथे पर जड़ी हुई। नीलम की एक आंख मेरे कोट की जेब में मौजूद है मगर आक्रमणकर्ता को पता नहीं। कहीं उन लोगों ने नकली आंख ही को तो असली आंख नहीं समझ लिया। ऐसा हुआ तो उनका पता लगाना और भी कठिन हो जाएगा। शायद दुश्मन बहुत चालाक है, उसके दोनों वार खाली गए, इसलिए तीसरा वार बड़ा सोच-समझकर करेगा, जब तक क्या किया जाए?

'बीयर पी जाए आराम से और क्या?'

आते ही हेमन्तसिंह को खबर कर दी थी। नैनीताल में कुशलतापूर्वक पहुंचने की सूचना दे दी थी। उसने मुझे बताया था कि वह बहुत शीघ्र अपने किसी मुखबिर द्वारा मुझे जरूरी हालात से खबर कर देगा। मगर आज तीसरे दिन की शाम होने को आई, किसी सूचना लाने वाले का कुछ पता नहीं। मैंने बादबानी की नौकाओं की दौड़ देखने के लिए बीयर का गिलास नीचे रख दिया और मेज पर से अपनी दूरबीन उठा ली, और देखने लगा कि अब रेस किस परिणाम पर है।

इतने में दाहिनी ओर से निकट की एक मेज से एक बांका जवान उठा। उसने कालरों वाली गुलाबी सिल्क की कमीज, गहरी भूरी पतलून और कीमती जूते, सीधी श्रेष्ठ मर्दाना चाल, कद कोई पांच फुट इंच या ग्यारह इंच, हाथ में हीरे की अंगूठी।

प्रकट रूप से वह भी रेस देख रहा था। फिर अपनी मेज से उठकर जब मेरी मेज पर आया, यो बड़े सभ्य ढंग से कहने लगा, ''क्या में कुछ मिनट आपकी मेज पर बैठ सकता हूं?''

मैंने उस सुन्दर लिबास वाले सुन्दर नौजवान को सिर से पांव तक देखा।

वह कहने लगा, ''मेरी मेज से रेस अच्छी तरह दिखाई नहीं देती, फिर मैं आज भूल से दूरबीन भी घर भूल आया।''

मैंने दूरबीन अपनी आंखों से हटाकर उसे दे दी।

वह धन्यवाद देकर मेरी मेज पर बैठ गया। जाम उसने अपने सामने रख, दिया, फिर झील की ओर मुड़कर मुझसे बातें करते हुए वह दूरबीन की दृटि का कोण ठीक करते हुए बोलाः ''मैं कुंवर अमरजीतसिंह हूं टिहरी गढ़वाल का रहने वाला।''

मैं चुप रहा।

वह दूरबीन बादबानी नौकाओं की ओर घुमाते हुए बोला, ''आज सूचना क्रोधात्मक है।'' एकाएक मैं चौंक गया। यह हमारे सूचना लाने वाले के कोड के शब्द थे, जो टेलीफोन पर हेमंतसिंह ने मुझे बताया था। अब उत्तर देने की मेरी बारी थी।

मैंने आसमान की ओर देखकर कहा, ''आसमान तो साफ है।''

वह उसी प्रकार दूरबीन के अन्दर देखता हुआ बोला, "आसमान का रंग बदलते हुए देर नहीं लगती।"

कोड पूरा हो गया। मैंने जाम खाली कर दिया, मगर अन्दर से अत्यन्त चकित था। अब यह हालत आन पहुंची कि राजे-महाराजे भी हमारे विभाग में प्रवेश पाने लगे। मगर मैंने अपना आश्चर्य उस पर प्रकट नहीं किया।

कुंवर बोला, "उसी प्रकार रेस की ओर देखते हो, हम चारों ओर दुश्मनों से घिरे हुए है।" वह दूरबीन चढ़ाए हुए बोलता गया, "नकली आंख खो जाने से बहुत नुकसान हुआ है।"

"अगर असली खो जाती तो कितना नुकसान होता?"

"मैं माली नुकसान होने की बात नहीं कर रहा हूं। असली मतलब तो हमारा गैंग को पकड़ना है।"

"किस गैंग को?"

"जो हमारी मूर्तियों की चोरी करता है, और उसे देश से बाहर भेज देता है, कई साल से यह चोरी जारी है।"

"खुलकर कहो, और जल्दी से जल्दी असली बात पर आ जाओ।"

"रानीखेत के जंगलों में, नैंनी देवी के एक पुराने मन्दिर का पता लगा है।"

"नैनी देवी का मन्दिर तो इस झील के उस किनारे पर ही दिखाई देता है।" मैंने कुंवर को उंगली के संकेत से बताया।

"यह तो छोटा-सा मन्दिर है।" कुंवर ने मुझे बताया, "लेकिन जिस मन्दिर का रानीखेत के जंगलों में पता चला है, वह बहुत बड़ा है, और

सात छोटे-बड़े मन्दिर की जगह में है। अभी वहां पर खुदाई का काम जारी है। गान्धार स्कूल की मूर्तियों के बहुमूल्य नमूने मिले हैं, जिन्हें शिल्पकारी के श्रेष्ठ नमूनों में गिना जाता है। बीच के सबसे बड़े मन्दिर में नैनी देवी की मूर्ति है, जिनकी दोनों आँखों में नीलम के जवाहरात जड़े हुए थे।''

''थे?''

''हां थे, क्योंकि पहले एक आँख गायब हो गई, फिर दूसरी।''

''क्या यह पहली चोरी थी?'' मैंने पूछा।

''नहीं, इससे पहले चोरी ने शिल्पकारी के कई श्रेष्ठ नमूने मन्दिर की दीवारों से गायब कर दिए, ओर आंगन से उठा लिए।''

''पत्थर की मूर्तियां बहुत भारी होती है।''

''यह किसी एक आदमी का काम नहीं है। हिन्दुस्तान और हिन्दुस्तान से बाहर के आदमियों का मिला-जुला एक गैंग है। उसके पास रुपयों की कोई कमी नहीं, विश्वनीय कार्यकर्ताओं की कमी नहीं, लायक और काबिल शिल्पकारों की कमी नहीं। आजकल यह व्यापार सारी दुनिया में होता है।, और इण्टरनेशनल ढंग और स्तर पर होता है। जब से पौंड का मूल्य गिरा है, और दुनिया के किसी सिक्के का महत्व नहीं रह गया। अमीर लोग अपना रुपया बैंकों में जमा करने के बजाय जवाहरात जमा करने पर लगाते हैं। हेकलों की तस्वीरें, जमैंका के असली वासियों के पुराने गहने, गुप्त-शासन के समय की मूर्तियां चोरी हो रही हैं। दक्षिणी भारत के मन्दिरों से आए दिन पत्थर की मूर्तियां तक गायब हो जाती हैं, यह व्यापार करोड़ों, बल्कि अरबों की लागत का है। यह लोग बड़े साइंटिफिक ढंग से व्यापार करते हैं, और अपने सामने आने वाली हर रुकावट को बड़ी चालाकी से हटा देते

हैं, इन्हें पकड़ना आसान काम नहीं है।''

''धुंधले-धुंधले-से चिन्ह मिले हैं, अगर ठीक चिन्ह मिलते तो तुम्हारी जरूरत क्या थी?''

''अब हमारा अगला पग क्या होगा?''

''वह नकली आँख अगर मिल जाए तो टूटा हुआ सिलसिला जुड़ सकता है।''

''वह कैसे?''

''हम लोगों का इरादा था कि नैनी देवी की दूसरी आँख...।''

''वह किसने चुराई थी?''

''वह चुराई नहीं गई, यह वही आंख है जो तुम्हारी जेब में मौजूद है। स्कीम यह थी कि उस नकली आँख को देवी के माथे पर बाकायदा घोषणा करके धूम-धड़ाके से पहाड़ी लोगों को एक उत्सव करके जड़ दिया जाए। यह आँख असली आँख से इतनी मिलती-जुलती है, इतनी मिलती-जुलती है।''

''मैं जानता हूं।''

''कि चोर इसे असली आँख समझकर चुराने की कोशिश करेंगे। इस बीच रात-दिन हमारा पहरा मन्दिर पर रहेगा, पुजारियों के रूप में, और उन चोरों को ठीक चोरी करते हुए पकड़ सकेंगे।''

''तरकीब तो अच्छी थी।''

''मगर तुमसे वह नकली आँख को गायब हो गई।''

"तो अब क्या किया जाए?

इससे पहले कि वह कोई उत्तर देता, सहसा मुझे एक धचका सा लगा। मैंने अपने आपको संभालने की कोशिश की, मगर असफल रहा। मेज उलट गई, मेज ही नहीं उलटी थी, बरामदे के पानी के डूबे हुए लकड़ी के खम्भे चरमराकर टूट गये थे, और सारा लकड़ी का बरामदा 'अडा डा धम' करके पानी में गिर गया, और कुंवर के साथ-साथ लोगों की चीखों और अद्भुत शोर के साथ मैं भी पानी में डूबने लगा। लकड़ी के बरामदे का भारी वजनी बोझ मुझे भी पानी के भवंर के बीच में लिए जा रहा था जो जल के अन्दर पैदा हो रहा था। आरम्भ के कुछ क्षणों में मैं भौचक्का-सा रहा, कुछ समझ में न आया कि क्या हो रहा है, और जब मस्तिक ने काम करना आरम्भ किया, मैं पानी के अन्दर डूब रहा था, कुछ क्षणों में मृत्यु होनी यकीनी थी।

फिर मैंने पानी की नीली तहों में शार्क मछली की भांति एक आदमी को अपनी ओर तैरते देखा। उसके चेहरे पर नकाब था, और उसमें आक्सीजन की नलकी लगी थी और पीठ पर आक्सीजन का हल्का-सा सिलैण्डर था, पांव में बतख की तरह या मछली की पूंछ की तरह की छलतियां बंधी थी, उसके हाथ में एक लम्बा चाकू था। मैंने उसका इरादा भांपकर अपना कोट उतार दिया और पानी में छोड़ दिया वह रुख बदलकर और मेरा पीछा छोड़कर कोट को पकड़ने के लिए पानी के अन्दर ही अन्दर तैरने लगा। जब उसने कोट को पकड़ लिया, उस समय तक मैं कोशिश करके पानी के स्तर पर आ चुका था।

नीचे पानी की तहों में फिर हलचल-सी हुई। मुझे ऐसा लगा जैसे मेरे जूते का तला किसी ने काट डाला। एक बार जी में तो कि साहस करके पानी में डुबकी लगाऊं, और उससे उलझ जाऊं, मगर वह आक्सीजन की नलकी पहने था और देर तक पानी में रुक सकता

था। मैं आंक्सीजन के बिना कब तक सांस रोक सकता था, इसलिए मैं तेजी से पानी चीरता हुआ किनारे पर आ गया, जहां बहुत-सी नौकाएं बंधी थीं याट क्लब का बरामदा गिर जाने से बहुत-से लोग इकट्ठे हो गए थे।

किनारे पहुंचकर मैं अपने-आपको जायजा लेने लगा। कहीं चोट न लगी थी, कपड़े जरूर भीग गए थे, और शरीर भी। बहुत-से नाविक और तैरने वाले पानी में कूद गए थे, और बरामदे में बैठे हुए सदस्यों को, जो पानी में गिर गए थे, झील से निकालने की कोशिश कर रहे थे। शुक्र हैं कि कोई जान से नहीं मरा। कुंवर अमरराजसिंह भी बच गया, वह भी पानी में बिलकुल भीग गया था।

मैंने होटल से कपड़े मंगवाकर लिबास बदला। जब क्लास रूम से बाहर निकला तो कुंवर अमरराजसिंह को भी नये अच्छे लिबास में खड़ा देखा। वह मेरी ओर देखकर मुस्कराया, बोला, ''ब्रांडी का एक डबल पैग लोगे?''

''जरूर।'' मैंने कहा, ''झील का कुछ पानी तो अन्दर गया होगा, ब्राण्डी कीटाणुओं को मार देगी।

हम दोनों ने गिलास टकराए। पीने लगे।

''कितने पत्थर दिल हो।'' पीछे से एक आवाज आई, ''अमरराज ने हमें ड्रंक आखिर तक नहीं किया।''

हम दोनों जान-बूझकर बार के एक कोने में खड़े हो गए थे, ताकि कुछ बातें कर सकें। आवाज सुनकर पीछे घूमकर जो देखा, तो कुंवररानी फीरोजा जिन्होंने राजा साहब दाराबाद से तलाक ले ली थी, बार के एक स्टूल पर बैठी-बैठी हौले-हौले चक्कर खाती दिखाई दी। स्टूल की सीट हौले-हौले घूम रही थी। जिससे उनके लम्बे-लम्बे भूरे बाल जिसमें उन्होंने

एक बड़ा सफेद हीरों का कार्निशन लगा रखा था, किसी पाकिस्तानी परी भी भांति उड़ते हुए दिखाई दे रहे थे। कुंवरानी का गोल सुन्दर भोला चेहरा उन बालों के दायरे में बड़ा प्यारा लग रहा था। होंठ जरा से खुले थे, जैसे चूम जाने के लिए बेचैन हों। गोरी त्वचा के अन्दर खून यों झलकता था जैसे हाथ लगाने से बह निकलेगा।

"हाय अल्लाह, कितने पत्थर दिल हो।" वे फिर बोलीं। भवें कमान की तरह तन गई। मैंने देखा कंवरानी की बांहे बिलकुल बच्चों की तरह थीं। गोलमटोल उनकी कोहनियों पर गढ़े पड़ते थे। वे एक भोली भाली औरत-सी लग रही थीं। बत्तीस वर्ष की पूरी आयु की औरत है, जो बीते दस वर्षो में तीन पतियों से तलाक ले चुकी है। पहले पति बांकीपुर के मशहूर तालुकेदार नवाब अख्तर हुसैन खान थे। दूसरी शादी राजा साहब भेडानगर से हुई थी, तीसरी शादी राजा साहब दाराबाद से। तीनों इनसे तलाक लेने पर विवश हो गए थे। क्योंकि कुंवरानी फीरोजा को नये मर्दो की तलाश रहती थी। वे कुछ समय तक तो अपने पति से संतुट रहती, फिर किसी नये मर्द के लिए बेचैन होने लगतीं, और इस बात के बिलकुल बेबस थीं। कुछ समय तक तो वे बिलकुल सीता-सावित्री की भांति अपने पति को चाहती, हर समय उसकी वफा में डूबी रहतीं, फिर धीरे-धीरे उससे ऊबने लगती, फिर वह समय भी आ जाता जब उनके शरीर का रोम-रोम किसी दूसरे पुरुष की गोद में गिर जाने के लिए मचल उठता। यह इच्छा इतनी तेज होती थी कि वे अपने-आप पर काबू पाने की हर कोशिश करते हुए भी काबू नहीं पा सकती थीं। और बेवफाई कर जाती। और बेवफाई में इतना आगे बढ़ जाती कि किसी चीज का होश न रहता। विवश होकर पति को तलाक लेना पड़ता, और समझौते में एक बड़ी रकम मेहर और हीरे-जवाहरत देने पड़ते। कुंवरानी फिरोजा बला की मनमोहक होने के अतिरिक्त इन तीनों तलाकों के बाद बहुत अमीर भी हो गई थीं, मगर नये मर्दों के अलावा उन्हें जवाहरात के

नये-नये जेवरों का बड़ा ही शौक था। वे दिन में तीन बार लिबास बदलती थीं। एक सुबह से लंच तक, फिर तीसरे पहर का लिबास, फिर रात में क्लब के लिए बहुमूल्य लिबास और श्रृंगार। वे हर समय ब्रांडी पीती रहती थीं। सुबह नाश्ते में जो ब्रांड़ी आरम्भ होती थी, तो रात के खाने तक धीरे-धीरे चलती रहती थी। वे सदा फ्रांसीसी नेपोलियन ब्रांड़ी पीती थीं। इसलिए उनकी बड़ी भूरी आंखों में अजीब-सा नशा छाया रहता था। जिस पर वे निगाह डालती, लगता कि वह शायद ब्रांडी में नहा गया है। लगातार पीने से फीरोजा को नशा नहीं होता था या यों कहिए कि लगातार नशे की सी हालत रहती थी।

अमरराज ने झुककर आदाब किया, बोला, "कुंवरानीजी, आदाब। क्षमा कीजिएगा, मैंने आपको देखा नहीं।"

"तुम्हारे साथ यह हैंडसम डैविल कौन है?" कुंवरानी ने मेरी ओर संकेत किया, और एक गहरी निगाह में मुझे सर से पांव तक परखने की कोशिश की। डोलती हुई पुतिलयों के अचानक फिसलने से मुझ पर खुमार-सा छाने लगा, मगर मैं चुपचाप खड़ा रहा। अन्दाजे से इतना तो मालूम हो गया कि कुंवरानी को मेरी परख बुरी नहीं लगी, होंठो पर एक हल्की-सी मुस्कराहट फैलने लगी थी।

अमरराजसिंह ने मेरी ओर संकेत करके कहा, "यह है कुंवर वजाहत हुसैन बन्देलिया।"

"बन्देलिया कहां पर है?" फीरोजा ने मेरी ओर देखकर पूछा।

बन्देलिया कहां पर है यह तो मुझे भी मालूम न था, मैं गला साफ करके कुछ कहने वाला ही था कि अमरराज ने कहा, "आसाम में है, शिलांग के पास। ऐसे तो ये लखनऊ के रहने वाले हैं, मगर राजा साहब की अनबन के जमाने में इनके पिताजी सब छोड़-छाड़कर आसाम चले

गये थे, वहीं इनकी बहुत बड़ी जमींदारी है।

''जभी मैं सोच रही थी, इनकी सूरत-शक्ल में मंगोलियाई रंग पाया जाता है।''

''बहुत समय से शिलांग में है।'' अमरराजसिंह ने कहा, ''अब तो इनके खानदान में कई खासी सुन्दर औरतें आ गई हैं, कामरूप की सुन्दरता की तो हमारे शास्त्रों में भी चर्चा है।''

''मगर यू.पी. की अदा का जवाब नहीं है।'' मैंने कुंवरानी की ओर सराहना-भरी निगाहों से देखते हुए कहा।

वे खिलखिाकर हंस पड़ी, कपोलों पर गुलाब खिलने लगे और सुराहीदार गर्दन का रंग आकर्षक हो गया, जैसे शराब छलक रही हो।

''क्या पिएंगी आप? वही नैपालियन ब्राण्ड़ी?'' अमरराजसिंह ने पूछा।

''हां, और क्या? मगर गरम पानी के साथ, मुझे कुछ नजला-सा महसूस हो रहा है।'' फीरोजा बोलीं।

जब फीरोजा का पैग आ गया, तो तीन गिलास टकराए। फीरोजा ने एक घूंट भरकर कहा, ''आप नैनीताल पहली बार आए हैं?'',

''पहली बार ही समझिए।'' मैंने झूठ बोला, ''एक बार बचपन मे आया था।''

''नैनीताल आपको कैसा लगा?''

''अभी तो क्या कह सकता हूं, आए हुए केवल तीन दिन हुए हैं, आज यह घटना भी हो गई।''

''अरे, तो क्या आप भी उस समय बरामदे में बैंठे थे, जब नीचे

का लकड़ी का खम्भा गिर गया।''

अमरराजसिंह बोला, ''पानी में गिरकर गल गया होगा।''

''गला नहीं था। '' फीरोजा बताने लगी, पुलिस वालों ने अच्छी तरह देख-भालकर मालूम किया है कि पानी में तह के अन्दर तक जमे हुए लकड़ी के दोनों पाये किसी तेज आरी से काटे गए हैं। किसी कम्युनिस्ट की कारस्तानी मालूम होती है, अमीरों के तो लोग विरुद्ध हैं ही, पर अब उन्हें उनकी क्लबों में भी आराम से नहीं रहने देंगे। मेरा जी चाहता है, उनको गोली से उड़ा दूं।''

मैंने और अमरराजसिंह ने तत्काल कनखियों से एक-दूसरे को देखा। लाउंज में बैंड आरम्भ हो गया।

फीरोजा ने दूसरा घूंट लिया, फिर तीसरा एक बड़ा घूंट लिया। गिलास को काउंटर को जगह पर रखा, साड़ी को संभाला, ऊंची एंड़ी से फर्श को बजाने लगीं, शरीर में लहरे पैदा होने लगीं जैसे सोई हुई झील जाग गई हो।

मैंने कहा, ''नाचेंगी?''

कुंवरानी लचकती हुई उठ खड़ी हुई। घड़ी की ओर देखा, अपने लम्बे नाखूनों की सीप जैसी रंगत को देखा, फिर मुझे सर से पांव तक देखा, फिर कांउटर से गिलास उठाकर एक घूंट लिया।

फिर दोनों हाथ मेरे गले मे डाले दिए, पांव ताल पर हिलने लगे। हम लोग कुछ देन तक वहीं झूमते रहे।

''हां, आनन्द आएगा तुमसे।'' वे बोली, ''आओ, नाचें।''

हम दोनों चलकर डांस-फ्लोर पर आ गए।

बूटा-सा कद था उनका ऊदे फूलों वाली साड़ी में वे सेब की हरी-हरी डाली की भांति डोलती थीं। बहुत ऊंची एड़ी की सेंडिल पहने थीं, फिर भी मेरे सीने तक आती थी। वे मेरे सीने से लगे-लगे नाचने लगीं। उनकी आंखे कभी बन्द होती कभी आधी-सी खुलती। नुकीले लम्बे सीप के से नाखून मेरे सीने पर धीरे-धीरे चलने लगे। वे मेरे शरीर से शरीर मिलाए नाच रही थीं, और मेरे शरीर में तूफान पैदा हो रहा था। उन्हें देखकर बैखाख-जेठ मास के आग-भरे हवा के झोंके का ख्याल आता है। कुछ औरतों की सुन्दरता बड़ी गर्म होती है, उनका आकर्षण तवे की भाँति तपता है और पास जाओ तो आंच देता है, छू जाओ तो बदन में लहरें-सी उठने लगती हैं।

लाउंज में धीरे-धीरे बत्तियां बुझने लगीं, कुछ अंधेरा-सा छा गया। कुंवरानी के नाखून धीरे-धीरे मेरी कमीज के सीने पर चलते हुए अद्‌भुत-सी कंपकंपाहट पैदा कर रहे थे। जी चाहता था अपना सीना नंगा कर दूं और उन नाखूनों को अपनी त्वचा पर चलने दूं। उनकी आँखें मदहोशी में डूबी हुई थीं और होंठ खुले थे : सूखे नशीलें होंठ, एक गहरे बोसे को तरसते हुए होंठ।

फिर अंधेरा अधिक बढ़ गया। कुंवरानी जोर से मुझसे लिपट गई। मैंने पहले तो अपना चेहरा उनकी सुराहीदार गर्दन के थोड़े से दायरे में छुपा लिया, उनकी गर्दन और बालों को बोसा दिया, फिर मेरे होंठ उनके होंठो से गड़ गए। बैंड की लय पर गाने वाली लड़कियों की कामुकता-भरी आवाज सरगोशी तक धीमी पड़ गई थी।

"जिन्दगी मोहब्बत में मर जाने का नाम है।"

कुंवरानी के होंठ बड़े मीठे थे, और मेरे होंठों में पिघलकर शहद होते जा रहे थे। एकाएक मैंने उनके सरकते हुए नाखून अपने कोट की

अन्दर की जेब की ओर जाते हुए आभास किए।

एकाएक मैंने चौकन्ना होकर कुंवरानी के हाथ को पकड़ लिया। कुंवरानी ने चीख मारी जोर से।

बाद में उजाला हो गया।

"मेरा हीरे का कार्निशन फ्लावर।" फीरोजा घबराकर अपने खुले बालों में हाथ लगाकर बोली, "इसने चुरा लिया।" फीरोजा ने मुझसे अलग होते हुए मेरी ओर घबराई हुई निगाहों से देखकर कहा। "अभी मेरे बालों में टंका था, मेरा पांच लाख का कार्निशन सफेद हीरों वाला।"

दो, चार, छः आदमी मेरे चारों ओर जमा हो गए। उनमें अमरराजसिंह भी था।

"इसकी तलाशी ली जाए।" फीरोजा बोली, "कुंवर अमरराजसिंह तुम्हारा दोस्त चोर है, इसकी तलाशी लो।"

अमरराजसिंह आगे बढ़ा, जल्दी से उसने मेरे कोट की तलाशी ली, अन्दर की जेब से हीरे का कार्निशन पाया गया और नीलम की बड़ी आंख। नीलम की आंख सबकी आंखों में झमकने लगी। इस आंख के सामने कार्निशन का रंग फीका पड़ गया।

"नैनी देवी की आंख! बहुत-से लोग एक साथ चिल्लाए। मैंने भागने की कोशिश की मगर अब एक बड़ी भीड़ मेरे चारों ओर इकट्ठी हो चुकी थी।

किसी ने कहा, "पुलिस बुलाओ।" किसी ने पुलिस को टेलीफोन किया। किसी ने मेरी पतलून की तलाशी ली, किसी ने मुझे एक घूंसा मारा, किसी ने लात मारी, इतने में पुलिस आ गई और मुझे पकड़कर ले गई।

ज्वालासहाय मजिस्ट्रेट प्रथम श्रेणी की अदालत का कमरा तमाशाइयों से खचाखच भरा हुआ था। इतनी भीड़ अदालत में कभी नहीं देखी थी। याट क्लब के बहुत-से अमीर सदस्य अगली बेंचों पर बैठे हुए अदालत के कार्यक्रम को ध्यान से देखने में मग्न थे। कुर्सियों की दूसरी लाइन में कुंवरानी फिरोजा आसमानी रंगा की फूलदार साड़ी पहने हुए थीं। कान में जेड के बुन्दे, गले में जेड का गुलूबन्द और हाथ में जेड की जहांगीरिया पहने हुए और बालों को ऊपर बांधे हुए, वे गुप्तशासन के समय की संगमरमर की मूर्ति मालूम होती थीं। इसमें कोई सन्देह नहीं कि उनकी सुन्दरता में बड़ा आकर्षण और ताजगी थी।

मैं अपराधियों के कटघरे में खड़ा था और वे एक बेल-बूटे वाले रंगीन चीनी पंखे को खोलते, बन्द करते, झुलाते हुए मेरी ओर बार-बार आश्चर्य रुचि और दिलचस्पी से देख लेती थीं। पुलिस इंस्पेक्टर निसार अहमद, जिसने याट क्लब में मेरी जेब से कार्निशन प्राप्त किया था और नैनी देवी की आंख भी, इस समय वकील सफाई की बहस का उत्तर दे रहा था।

"तुमने हीरे वाला कार्निशन मुलजिम की अन्दरूनी जेब से पाया?" वकील ने सफाई से पूछा।

"जी हां।"

"दाहिनी जेब से या बाई जेब से?"

"दाहिनी जेब से।"

"और जिस समय तुमने कार्निशन पाया उस समय मुलजिम क्या कर रहा था?"

"कुंवरानी साहिबा के साथ बालरूम में नाच रहा था।"

"बालरूम में रोशनी थी?"

"उस समय बुझ गई थी, सिर्फ कुछ क्षणों के लिए।

"हो सकता है, असली मुलजिम कोई और हो, उसने रोशनी वापस आते देखकर अपनी जान बचाने के लिए जल्दी से यह हीरा अपराधी की जेब में डाल दिया हो?"

"ऐसा हो सकता है जनाब।" इंस्पेक्टर निसार अहमद सहमत होते हुए बोला, "मगर अपराधी की जेब से, सिर्फ हीरे का कार्निशन ही नहीं निकला है, बल्कि नैनी देवी की आंख भी, जो बड़े मन्दिर से चोरी हो गई थी, और जिसका आज तक पता न लग सका था, इस खतरनाक चोर की जेब से प्राप्त हो गई।"

"अपराधी का असली नाम क्या है?"

"यह तो किसी को मालूम नहीं, नैनीताल में वह अपना नाम कुंवर वजहात हुसैन बन्देलिया बताता है, मगर जिस रेलगाड़ी से वह आया, दिल्ली तक उस ट्रेन में इसने एक कूपे को अजयकुमार के नाम से बुक कराया था। इस पर मिसेज शान्ता बैनर्जी के कत्ल का भी आरोप है। मुलजिम बहुत खतरनाक है, इसे फांसी की सजा होनी चाहिए।"

"मैं फिर कहता हूं।" वकील सफाई से बोला, "असली मुलजिम कोई और है। जब रोशनियां बुझी तो उस असली मुलजिम ने पुलिस के डर से या इस भय से कि पुलिस उसकी ताक में है, हीरे का कानिर्शन और नैनी देवी की आंख चुपके से मेरे मुवक्किल की जेब मे रख दी। चोर का इरादा बाद में मेरे मुवक्किल को घेरकर या जान से मारकर या किसी दूसरे ढंग से इन चीजों को पा लेने का था। मेरा मुवक्किल एक शरीफ खानदान का अमीरजादा है। कुवंर वजाहत हुसैन आफ बन्देलिया, आसाम के सम्मानित घरानों में उसकी गिनती होती है।"

इंस्पेक्टर निसार अहमद बोला, "पुलिस को छानबीन करने पर पता चला है कि बन्देलिया नाम की कोई जगह आसाम में नहीं है, और उसने अपना जो अता-पता बताया है, वह बिलकुल गलत है।"

वकील ने सफाई से कहा, अब कुंवरानी साहिबा से बहस करना चाहूंगा।

कुंवरानी अपनी साड़ी का पल्लू संभालती हुई उठीं। सबकी निगाहें उन पर थी। कुवंरानी को इसका आभास नहीं था, वे धीरे से मुस्कराते हुए उठीं और उठते-उठते उनके जवान शरीर का जोड़-जोड़ और उभार अपनी झलक दिखा गया। तमाशाई उत्सुक थे, उनकी आंखों में चमक थी और होंठ कुछ खुले, दिल की धड़कने तेज और शारीरिक रुचि की लहर खूब ऊंची। लचकती, महकती, सरसराती कुंवरानी साक्षियों के कठघरे में पहुंच गईं।

केवल न्यायधीश ज्वालासाहय उनकी सुन्दरता से प्रभावित न हुए थे। वे छोटे कद के गोलमटोल बैंगनी रंग के अधेड़ आयु के मर्द थे। चेहरे से लगता था कि आज अपनी पत्नी की डांट खाके आए हैं। और यह कि उनकी पत्नी भी इन्ही की भांति कुरूप होगी। सुन्दर औरत की डांट खाकर मर्द कभी बेसूरा नहीं होता, लेकिन न्याशाधीश ज्वालासहाय जिन निराश निगाहों से हर सुन्दर औरत को तकते थे, और जिस रूखे मन और उदास लहजे में दूसरे लोगों से पेश आते थे, उससे यही अनुमान लगता था कि या तो उनकी पत्नी कुरूप और बुरे स्वभाव की है, या उन्हें तेज़ बदहजमी की बीमारी है। माथे पर हर समय त्यौरियां चढ़ी रहती थीं। कुंवरानी को उन्होंने बहुतही नापसंदगी की निगाहों से देखा। बोले, "वकील सफाई की बहस से पहले कुछ प्रश्न मैं आपसे पूछना चाहता हूं।"

''पूछिए-पूछिए।'' कुंवरानी मुस्कराकर बोलीं और चीनी पंखा डुलाने लगी।''

''पंखा मत डुलाइए।'' ज्वालासहाय ने नापसंदगी प्रगट करते हुए कहा।

''ओफ्फोह, अल्लाह कसम, कितनी तेज गर्मी है! ज्वालासहाय जी, आप अपनी अदालत को एअरकंडीशंड नहीं कराते?'' कुंवरानी बोलीं। लोग हंसने लगे।

''आर्डर-आर्डर!'' मजिस्ट्रेट चिल्लाया।

लोग चुप हो गए। कुंवरानी मजिस्ट्रेट ज्वालासहाय की ओर देखकर बड़ी सराहना-भरे लहजे में बोली, ''आपकी बेगम साहिबा कटहल की भाजी बहुत अच्छी पकाती हैं। परसों उन्होंने हमें भिजवाई थी, मैं तो शाही कुरमा समझके खा गई। बाद मे बावर्ची ने बताया, कटहल की भाजी थी, और आपके यहां से आई थी। मैं तो किसी दिन आपकी बेगम से कहने वाली हूं कि हमारे यहां बावर्ची को यह सब्जी पकाना सिखा दें।''

इस बार बड़ी कठिनाई से लोगों ने हंसी रोकी, मगर पूरी अदालत मे मुस्कराहट की लहर दौड़ गई थी।

मजिस्ट्रेट ज्वालासहाय की बैंगनी त्वचा में हल्की-सी लाली आ चली थी, क्रोध की लाली। मगर अपने क्रोध को पीकर बोलें, ''देखिए यह अदालत है, आप मेरे प्रश्नों का ठीक-ठीक उत्तर दीजिए और इधर-उधर की बातें न कीजिए।''

''आप कुछ पूछें तो मैं बताऊं।'' कुंवरानी बोलीं और फिर उन्होने अपनी हैंडपर्स खोलकर उसमें से नाखून काटने का आला निकाला और नाखून तेज करने लगीं।

ज्वालासिंह की भवें तन गई, वे बोले, ''आपने कितनी शादियां की है?''

''लो यह भी कोई सवाल है, नैनीताल में हर आदमी जानता है, आप खुद भी जानते हैं।''

''मगर यह अदालत है, यह अदालत भी जानना चाहती है।''

''तीन... तीन, मगर उन तीनों तलाकों में मैं बेकसूर थी। एक भोली-भाली औरत जो हवस के पुजारी शौहरों के जुल्म और अत्याचार का शिकार हुई।''

कुंवरानी की आंखों मे आंसू छलकने लगे।

''मै आपसे तलाकों का कारण नहीं पूछना चाहता, सिर्फ यह जानना चाहता हूं कि हीरे का यह कार्निशन आपकों किस पति ने भेंट में दिया था।''

''किसी पति ने नहीं, यह कार्निशन तो मुझे बम्बई में सेठ लगनानी ने उपहार में दिया था।''

''और उसने आपको उपहार में क्यों दिया था? इतना बहुमूल्य उपहार कोई यों ही भेंट में नहीं देता है।''

''यों ही नहीं दिया था, ज्वालासहाय जी।''

''योर ऑनर, यह हीरों बाला कार्निशन सेठ लगनानी ने मुझे इसलिए दिया था कि मैंने भी उसका काम किया था।''

''क्या काम?''

''मैंने उसे स्विस बैंक पर जो जिनेवा में है, उसे दस हजार डालर का चेक दिया था, क्योंकि उसे फोरन एक्सचेंज की जरूरत थी।''

"क्या आपको फारेन एकाउंट में इनकम टैक्स का पता है?"

"नहीं तो।"

"तो आपने फारेन बैंक में रुपया रखकर इनकम टैक्स छुपाकर अपराध किया है। फिर उस एकाउण्ट से फारेन एक्सचेंज रिजर्व बैंक की आज्ञा के बिना किसी को चेक देकर और भी बड़ा अपराध किया है।"

"हाय, अल्लाह, तो किसी दोस्त की मदद करना अपराध है?"

कुंवरानी साहिबा ने अदालत के कमरे में चारों और अपनी मासूम निगाहें घुमाते हुए पूछा। न्यायाधीश ज्वालासहाय ने तीखी निगाहों से उन कुर्सियों की ओर देखा, जहां वकील बैठे थे। ज्वालासहाय को कुंवरानी ही नापसन्द थीं, आज उसने बदला ले लिया क्लब के हर आदमी के दिल में कुंवरानी के लिए सम्मान था, आज ज्वालासहाय ने कुंवरानी की असली सूरत सबको दिखा दी थी।

"क्या वकील सफाई बहस करेंगे?" न्यायाधीश ने विजय पाए हुए अन्दाज में पूछा।

वकील सफाई सिर हिलाकर बोला, "योर ऑनर, आपके प्रश्न के बाद पूछने के लिए बहुत थोड़े प्रश्न रह जाते हैं, मगर..."

सरकारी वकील उठकर कहने लगा, "योर ऑनर, जो प्रश्न अभी किए गए, उनका वास्तविक तथ्य से कोई सम्बन्ध नहीं है। कार्निशन का जेवर किसी ने भी दिया हो, कुंवरानी साहिबा का एकाउण्ट किस बैंक में नहीं है, इसका भी इस तथ्य से कोई सम्बन्ध नहीं है। असली घटना जो आश्चर्य की सीमा लांघ चुकी है, वह यह है कि अपराधी ने कुंवरानी के बालों से वह हीरे का कार्निशन चुराकर अपनी जेब में रख लिया, इस विषय में अगर कोई प्रश्न किया जाए तो ठीक है, शेष कार्यक्रम को

अदालत अगर व्यर्थ ठहराए तो ठीक है।''

''मैं इस विषय में कुंवरानी साहिबा से एक प्रश्न करना चाहता हूं।' वकील सफाई बोला।

''पूछिए, पूछिए।'' कुंवरानी बोलीं।

''अगर आप अपने नाखून रगड़ना छोड़ दें तो पूछें।''

उच्च मजिस्ट्रेट ज्वालासहाय गुर्राकर बोले, ''यह अदालत है कुंवरानी साहिबा, क्लब नहीं है, यहां ऐसे कामों की आज्ञा नहीं दी जा सकती।''

''सॉरी मजिस्ट्रेट साहब।'' कुंवरानी बड़े भोलेपन से बोलीं, ''मुझे मालूम न था, ऐसा करना यहां मना है।''

कुंवरानी ने अपना हैंडपर्स बन्द कर दिया और अपने बालों को उंगलियों से ठीक करते हुए बोलीं, 'पूछिए'

वकील ने पूछा, ''जब अपराधी ने आपके कहने के मुताबिक आपके कान के ऊपर बालों में टंगा कार्निशन चुरा लिया, उस समय आप कहां थी?''

''उसकी बांहों में।''

''उसकी बांहों में क्या कर रही थी?''

''नाच रही थी।''

''नाच रहीं थीं, तो इतने पास से उसने हीरा कैसे चुरा लिया, आपको मालूम तक नहीं हुआ?

''क्या बताऊं, उसने मुझे अपने बिल्कुल पास कर लिया और मेरे कान में गुनगुनाते हुए कहने लगा, ''वह अलग बांधकर जो रखा है वह

माल अच्छा है, फिर उसने मेरे बालों को सूंघा, बोला, 'तुम्हारे बालों से पेरिस की खुशबू आ रही है', फिर जब रोशनी बुझ गई तो उसने अपने होंठ अचानक मेरे होंठों पर रख दिए। उस हल्की-हल्की बेहोशी की हालत में इस कम्बख़्त ने मेरा कार्निशन चुरा लिया।''

लेकिन अपराधी तो यह कहता है कि वह हीरा आपने उसे दिया उसकी जेब में सुरक्षित रखने के लिए। और यह कि आपने उसके नाच की बहुत सराहना की और कहा कि आज रात आप उसके साथ दो-तीन बार और नाचेंगी। मगर आपने दूसरे लोगों से भी नाच का वादा कर रखा था, जिनमें से आपके कहने के मुताबिक दो-तीन लोग वहां मौजूद थे, इसलिए आपने यह ठीक समझा कि उस कार्निशन को अपराधी की हिफाजत में दे दिया जाए।''

''यह बिलकुल ग़लत है, मैं इसे एक मुस्कान दे सकती हूं, एक नाच, मगर हीरों वाला कार्निशत, हो नहीं सकता।''

इसी प्रकार देर तक न्यायालय का कार्यक्रम चलता रहा। जब कार्यक्रम समाप्त होने में कुछ मिनट रह गए, तो मुझे अपराधियों के कठघरे में फिर खड़ा करके सरकारी वकील ने मुझसे प्रश्न कियाः ''क्या तुम स्वीकार करते हो कि तुमने कार्निशन चुराया?''

''जी नहीं।''

''क्या तुम स्वीकार करते हो कि नैनी देवी की नीलमी आंख भी तुमने चुराई थी?''

''जी नहीं।''

''अदालत में अब तक जो गवाहियां दी जा चुकी हैं, और जो सबूत पेश किए जा चुके हैं, उनको ध्यान में रखते हुए तुम अब भी अपना

अपराध मानने को तैयार हो सकते तो इसमें तुम्हारा बहुत भला है।"

"मैं निर्दोष हूं।"

"क्या इस बात से भी इन्कार करते हो कि वह पिस्तौल, जो तुम्हारी जेब से निकली है, तुम्हारी नहीं है?"

"कौन-सी पिस्तौल?"

पुलिस इंस्पेक्टर ने एक गुलाबी रंग की छोटी-सी पिस्तौल मेरे हाथ में दी, "यह हमने तुम्हारी जेब से पाई है।"

बिजली-सी तेजी के साथ मैंने पिस्तौल चलाई। गोली इंस्पेक्टर के हाथ पर लगी। हाथ लहूलुहान हो गया। सारी अदालत में सन्नाटा सा छा गया।

मैं आने वाले कुछ ही क्षणों में कठघरे से बाहर था। पिस्तौल मेरे हाथ में थी। उसे भयानक ढंग से लहराता हुआ मैं बड़ी जोशीली आवाज में अदालत से बाहर जाते हुए कहने लगा, "जो सामने आएगा उसे भूनके रख दूंगा।

भीड़ काई की भांति छंट गई। मैं पीछे हटते अदालत से बाहर था। बाहर आकर मैंने दो गोलयां हवा में चलाई और दौड़ता हुआ कचहरी के पीछे देवदार के घने जंगल में गायब हो गया। अब पदचापें आ रही थीं और आवाजों का शोर बढ़ रहा था, और पुलिस वाले जंगल की ओर गोलियां चला रहे थे, मगर मैं एक ढलवान से नीचे उतरकर नाला पार करके दूसरे घने जंगल में घुसता हुआ चला गया। मैं बहुत तेज़ कदमों से चल रहा था। मुझे अपने और पुलिस के बीच दूरी रखनी थी। अगर उन्होनें मुझे पकड़ लिया तो अब मौत होनी ही थी।

निकट आती हुई आवाजें धीरे-धीरे दूर होती गईं, फिर एकदम गायब हो गई। अब मेरे चारों ओर घना जंगल था। मैं एक पेड़ के तने से टेक लगाकर सोचने लगा। जब मैंने आगे का कार्यक्रम सोच लिया तो आगे बढ़ा। पहाड़ की चोटी चढ़कर दूसरी ओर नीचे उतर गया। नीचे उतरकर उसी सड़क पर हो लिया जो अल्मोड़े को जाती थी।

यहां सांगरी गांव पास था। सड़क के दोनों ओर अच्छी दुकानें थीं, और दुकानें इसलिए थीं कि अल्मोड़े जाने वाले यात्री यहां नाश्ता करते थे, या अल्मोड़े से वापस आने वाले यहां चाय पीते थे। मैंने यहां पूरी और आलू की भाजी खाई, फिर दुकानदार से पूछा कि रानीखेत को बस किस समय जाएगी। उसने कहा, "रानीखेत जाने वाली बस पीछे अड्डे पर खड़ी मालूम कर लीजिए, शायद टिकट मिल जाए।"

मालूम करने पर मुमझे टिकट मिल गया। टिकट लेकर मैंने वापस फिर दुकान पर आकर चाय बनवाई। दुकानदार को बताया कि मुझे बस का टिकट मिल गया है। उसे नाश्ते के पैसे देते समय जेब में हाथ डाला तो रुपयों के साथ गुलाबी रंग की पिस्तौल भी निकल आई। मेरा ख्याल है, दुकानदार ने पिस्तौल देख ली होगी। उस की आंखों में चौंकने की जो चमक पैदा हुई थी उससे मैंने अनुमान लगाया, और मैं चाहता भी यही था कि वह पिस्तौल भली तरह देख ले। उसके थोड़े समय बाद मैंने देखा कि उसने मुझे रानीखेत जाने वाली बस में बैठते देखा। बस उसकी दुकान के सामने से निकल गई। वह घूरकर शायद बस का नम्बर पढ़ने और उसे याद करने की कोशिश में था।

रानीखेत जाने का मेरा कोई विचार न था, मैं सात मील आगे जाकर लोबी के अड्डे पर उतर गया और वापस सड़क के बजाय खेतों में घाटियों में चलता हुआ वापस सांगरी गांव पहुंच गया। जब शाम हो चली थी, और अल्मोड़े और रानीखेत से वापस आने वाली

लारियां सांगरी के छोटे से बाजार में खड़ी थीं, और यात्री लोग चाय पी रहे थे, और मैं सामने पहाड़ की ओझल तलहटी में लेटा हुआ यह दृश्य देख रहा था।

इतने में सामने से नैनीताल की ओर से एक पुलिस जीप आई और उसमें से पुलिस के सिपाही, इंस्पेक्टर निकले और दुकानदारों से पूछताछ करने लगे। मेरा अनुमान ठीक निकला। मेरा दुकानदार बड़े जोर से हाथ चला-चलाकर पुलिसवालों को कुछ बता रहा था, और जेब से कागज का एक टुकड़ा निकालकर, जिस पर अवश्य बस का नम्बर लिखा होगा, बड़े महत्वपूर्ण ढंग से पुलिस को दिखा रहा था। मैं मुस्कराया।

थोड़ी देर के बाद पुलिस जीप रानीखेत की ओर चल दी। मगर अब शाम हो चली थी, और वे लोग किसी प्रकार उस बस को आज नहीं पकड़ सकते थे। दूसरे दिन रानीखेत या संभव है अल्मोड़े जाकर उन्हें पता चले, जब तक मैं सुरक्षित था।

फिर भी सावधानी जरूरी है। मैं तलहटी से निकलकर उत्तर की ओर के घने जंगल की ओर चला, किनारे-किनारे, अन्दर नहीं गया, क्योंकि शाम बढ़ रही थी। कोई दो मील चलने के बाद जब मैंने पौने मील के गोलाकार में चक्कर लगा लिया होगा, मुझे एक घर पेड़ों से घिरा दिखाई दिया। किसी किसान का घर था, नीचे मकई के कुछ खेत थे और मैं सुबह के नाश्ते से इस समय तक भूखा था।

मैंने चीड़ के एक कुंज में बैठकर अपने दाहिने पांव की पतलून फाड़ दी। और उसे एक जख्म की पट्टी की भांति दाहिनी टांग पर लपेट लिया, और ऊपर पेड़ों के झुंड से निकलकर लंगड़ाता-लंगड़ाता किसान के घर की ओर चला मैं बहुत अधिक लंगड़ा रहा था, चलते-चलते रुक जाता, दर्द और बेचैनी की लहरें मेरे चेहरे पर प्रकट होती। फिर मैं किसी

चट्टान या किसी पेड़ के तने का सहारा लेकर बैठ जाता, और कुछ क्षण आराम कर लेता।

मैंने देख लिया था कि एक ओर से किसान खेतों से घास काटकर सिर पर गट्ठा उठाए हुए मुझे सन्देह की नजरों से देखता हुआ जानवरों के घर की ओर बढ़ रहा है, दूसरी ओर से जानवरों को हंकाती हुई एक जवान लड़की पशुघर की ओर बढ़ रही है। दोनों निगाहें मुझ पर थीं, मगर मैंने ऐसा प्रकट किया, जैसें मैंने उन्हें नहीं देखा। मैं लंगड़ाता-लंगड़ाता किसान के घर की ओर सिर झुकाए हुए चला जा रहा था। सहसा एक दर्द की लहर मेरे शरीर में दौड़ गई, और में विवश होकर हांफता हुआ एक पत्थर पर बैठ गया।

किसान पहले मेरे पास पहुंचा, घास का गट्ठा जमीन पर रखकर बोला, "चोट कैसे लगी?"

"शिकार के लिए निकला था, एक चट्टान से फिसलकर एक तेज धारदार पत्थर से टकराया, टांग जख्मी हो गई, पट्टी बांध ली है।"

"बन्दूक है?"

"ऊपर जंगल में एक गहरी खाई में गिर गई। नीचे खाई में उतरने और उसे खोजने की मुझमें शक्ति न थी, और फिर रात बढ़ रही है, इस समय कहां जाऊंगा?"

जवान लड़की पशुघर में पशुओं को बन्द करके निकली, मुझे सर से पांव तक देखकर बोली, "बापू देखते क्या हो, बेचारा जख्मी है, सहारा देकर घर के अन्दर ले चलो।"

एक ओर से बाप ने सहारा दिया, दूसरी ओर से लड़की ने। मैं लंगड़ाता -लंगड़ाता घर के अन्दर पहुंच गया। एक दीवार के कोने से

लगकर कराहने लगा।

''लक्ष्मी!'' बाप ने बेटी को बुलाकर कहा, ''देख पतीली में दूध है? हो तो गरम करके इसे पिला दे।

लक्ष्मी बोली, ''दूध तो नहीं है, अभी जब जानवरों को चारा खिलाने जाऊंगी, तो दूध दुहकर लाऊंगी।''

किसान मेरे निकट उकडू बैठकर पट्टी बंधी टांग को ध्यान से देखने लगा, फिर उसकी ओर हाथ बढ़ाकर बोला, ''देखूं तो जख्म कैसा है?''

''हाय, हाथ मत लगाना'' मैं चीखा, ''बहुत दर्द होता है।''

''कोई बात नहीं, हल्दी ओर प्याज पीसकर बांध दूंगा, दर्द जाता रहेगा।

''नहीं।'' मैंने घबराकर कहा, ''सम्भव है हड्डी टूट गई हो, छेड़ने से कुछ और खराबी पैदा हो जाए, इसे तो किसी डॉक्टर को दिखाना चाहिए।''

''डॉक्टर यहां पास में कोई नहीं है। हां, एक अंग्रेज जोगी है, उससे मेरी लड़की कभी-कभी दवा ले आती है।''

मैं चौंक गया। ''अंग्रेज जोगी!''

''हां।'' किसान बोला ''यहां से सात मील दूर, उस ओर।'' उसने हाथ के संकेत से दिशा दिखाई, ''उधर घने जंगल में एक पुराना मन्दिर है, वहां एक अंग्रेज जोगी है।''

''कब से?''

''अभी नया-नया आया है, बहुत कम मिलता है लोगों से। मेरे ख्याल में तो किसी को मालूम भी नहीं कि वह यहां है। उस मन्दिर में एक दिन

मेरी लड़की जंगल में गाये चराते उधर जा निकली, तो अंग्रेज जोगी ने उसे काम पर लगा दिया। वह एक समय उसके बरतन साफ करती है, और सुबह उसके लिए दूध देके आती है। दस-पन्द्रह दिन हुए मुझे बुखार चढ़ा था, तो उस अंग्रेज ने दवा दी थी, जिससे मैं अच्छा हो गया।

मैंने कहा, "मैं कल सुबह किसी तरह तुम्हारी लड़की के साथ उस अंग्रेज जोगी के यहां चला जाऊंगा और उससे दवा ले लूंगा।

"हां, यह ठीक रहेगा।"

किसान चुप हो गया। मैं सोचने लगा। दिल में कुछ ऐसा आभास उत्पन्न हुआ कि सम्भव है यहां से कुछ रहस्य मिले। मैंने यों ही बातों बातों में किसान से पूछा, "यह जमीन तुम्हारी है?"

"नहीं, बटाई पर है। थोड़ी-सी जमीन है, बहुत कुछ तो मालिक को जाता है, अपने लिए बहुत कम बचता है। फिर मैं अछूत हूं, नीचे गाँव में रहने की आज्ञा नहीं है, इसलिए जंगल में घर बनाया है।"

"लड़की कितने वर्ष की है?"

"अठारह वर्ष की।"

"अठारह वर्ष, और अभी शादी नहीं हुई?"

"इधर आसपास में कोई अछूत नहीं है, कहां शादी हो, और फिर शादी के लिए पैसा भी तो चाहिए, और वह अपने पास नहीं कि इज्जत से शादी कर सकूं। मां इसकी मर चुकी है। मेरे संग मेरा सारा काम संभालती है।"

"कहां तक इसे घर में बिठाए रखोगे?"

"जहां तक भाग्य बिठाएगा," किसान बोला, "वैसे सामन्त शाह

इसके सात सौ रूपये देता है।''

''लड़की खरीदेगा?''

''हां, खरीद लेगा।''

''शादी के लिए?''

''नहीं, रखने के लिए।''

''तो तुम तैयार हो?''

''नहीं।''

''क्यों नहीं?''

''सात सौ में धान का खेत नहीं आएगा, लड़की दूं तो बदले में जमीन मिले, तो बात है। और लड़की मेरी तुमने देखी तो है, सब कहते हैं बड़ी सुन्दर है। वह अंग्रेज जोगी कहता है, तेरह सौ मुझसे ले लो, लक्ष्मी मुझे दे दो।''

''अंग्रेज जोगी शादी करेगा?'' मैने आश्चर्य से पूछा।

किसान बोला, ''नहीं, पास रखेगा। कहता है यह मेरी नौकरानी बनकर रहेगी, मेरा सब काम करेगी, इसको मैं जोग भी सिखाऊंगा। मन्दिर में रहेगी।''

''तो तुम तेरह सौ ले लोगे?'' मैंने पूछा।

''नहीं तेरह सौ में भी धान का खेत नहीं आएगा। कम से कम ढाई हजार मिले, तो बेच दूं। ऐसी सुन्दर लड़की, जैसी मेरी लड़की है, सात कोस में कहीं नहीं होगी।''

''तुमने लड़की से भी पूछा है?''

"उससे क्या पूछना, वह इन्कार नहीं कर सकती, मैं उसका बाप हूं।" मेरी निगाहों में लक्ष्मी की छवि घूम गई। पतले-पतले गुलाबी होंठ और गहरे लाल कपोल, जैसे किसी ने उन पर गुलाबी रंग लगा दिया हो, मगर पाउडर और रोज और किसी प्रकार के मेकअप के बिना चेहरा कितना सुन्दर लगता। बड़ी-बड़ी भूरी आंखे और पीठ पर लम्बी भूरी चुटिया। सारा शरीर छरेरा-सा, मगर कूल्हे भारी और सीना आगे को निकला हुआ। लक्ष्मी का शरीर बड़ा ही मनमोहक था। देखते ही उसे बांहो में भर लेने को जी चाहता था। किसान की लड़की होते हुए भी उसका प्राकृतिक सौंदर्य उसके शरीर को सुनहरापन की लौ देता हुआ दिखाई देता था।

मैंने कहा, "मैं तुम्हे इसके तीन हजार दे दूंगा।

औरतें सदा से मेरी कमजोरी रहीं है, और बहुत सुन्दर औरत जैसे हृदय और मस्तिक में समा जाती है। लक्ष्मी पर से निगाह हटाने को जी नहीं चाहता था। उसकी चाल में अजब-सी लचक थी, और आवाज में घण्टी ऐसी खनक। उसका पूरा शरीर गदराया हुआ पिघलता-सुलगता-सा लगता था।

"तुम तीन हजार दोगे?" किसान आश्चर्य से मेरी ओर देखने लगा। मैंने पतलून की जेब में हाथ डाला और एक हजार के नोट गिनकर उसे दे दिए, "इसे बयाना समझो, शेष दो हजार उस समय तुम्हें मिलेंगे, जब लक्ष्मी का हाथ तुम मेरे हाथ में पकड़ा दोगे।"

किसान ने सौ-सौ के दस नोट गिनकर बड़ी सावधानी से अपनी अंटी में रखे। उसके चेहरे पर हर्ष की किरणें आने लगीं, उसकी आंखों में सपने छाने लगे, वह जमीन खरीदेगा।

इतने में लक्ष्मी आ गई, सर पर दूध की मटकी रखे हुए, किसी

ग्वालन की भांति लचकती हुई। उसने मुझे दूध गरम करके पिलाया, फिर रात को खाना खिलाया। लक्ष्मी और उसका बाप एक कोने में खुसर-खुसर करते रहे, मैं अपने कोने में अलग बैठा रहा, मैंने उसकी बातों में कोई दखल नहीं दिया।

कमरे में केवल एक चारपाई थी, पुरानी झुलंगा-सी, उस पर लक्ष्मी सोती थी। बाहर बरामदे में एक खटिया पड़ी थी, उस पर उसका बाप सोता था। बरामदा चारों ओर से लकड़ी के जंगले से बन्द था। एक ओर चूल्हा था जिस पर लक्ष्मी खाना पकाती थी।

जब सोने का समय आया, तो लक्ष्मी का बाप अपना कम्बल लेकर बाहर खाट पर चला गया। लक्ष्मी ने अन्दर की कुंडी चढ़ाकर दरवाजा बंद कर दिया, और मुझसे कहने लगी, "तुम खाट पर सो जाओ, मैं नीचे जमीन पर सो रहूंगी।

"नहीं।" मैंने उससे कहा, "मैं नीचे जमीन पर सो रहूंगा, तुम रोज की तरह खाट पर सो जाओ।"

लक्ष्मी कुछ नहीं बोली। उसने धरती पर एक कम्बल बिछाया, दूसरा पायती की ओर रख दिया, ताक से जलता हुआ दीया बुझा दिया। अब कमरे में बिल्कुल अंधेरा था, कहीं कोई खिड़की भी न थी, केवल चूड़ियों या चांदी के कड़ों के बजने की आवाज से मालूम होता था, कि लक्ष्मी जमीन के बिस्तर पर ले गई है, या लेटने की तैयारी कर रही है। दो-एक बार चुटीले के मोती झुनझुना उठे, फिर उसने दो-तीन लम्बी-लम्बी सांसे लीं, जिससे लगता था कि वह मेरी खाट के पास ही नीचे बिस्तर पर लेटी है।

बाद में मेरी कान की लौर को चूमते हुए चंचल लहजे में वह बोली, "अब तुम्हारी टांग में दर्द नहीं होता?"

मैंने हंसकर कहा, "मैंने लंगड़ाने का बहाना किया था।"

वह बोली, "मैंने पहली निगाह में मालूम कर लिया था।" वह खिलखिलाकर हंसी। रात के अंधेरे में उसकी हंसी फूलों की छड़ी की भांति बिखर गई।

दूसरे दिन सुबह उठकर लक्ष्मी को अंग्रेज जोगी के लिए दूध लेकर जाना था, और मुझे दवा लेने, इसलिए हम लोग जल्दी उठ बैठे और जल्दी तैया हो गए, मगर जाने से पहले मैंने किसान को और दो हजार दिए। लक्ष्मी के बाप काचेहरा खुशी से खिल उठा। अब वह जमीन खरीद सकता है, जमीन हो तो पत्नी भी आ जाती हैं, और इज्जत भी आ जाती है, और जिन्दगी भी आराम से कट जाती है।

मैंने उससे कहा, "जब तक मैं ठीक नहीं होता, मैं तुम्हारे घर में रहूंगा।"

"तुम्हारा अपना घर है, एक तरह से तुम मेरे दामाद हो।"

मैंने बुरा-सा मुंह बनाया, "ऐसा सोचो ही मत, मैं लक्ष्मी से शादी नहीं कर सकता, वह मेरी एक तरह से नौकरानी होगी, उससे बहुत-से काम लिए जाएंगे, जैसे उस अंग्रेज जोगी ने कहा था।"

"ठीक है, ठीक है, मुझे क्या।" किसान सिर हिलाकर बोला, "यह तो लड़की के भाग्य में जो होगा सो होगा।"

मार्ग में जंगल-जंगल जाते हुए, मैं अब तेजी से चल रहा था, इतनी तेजी से कि कभी-कभी तो लक्ष्मी भी पीछे रह जाती थी, फिर हंसकर कहती थी, "ए लंगड़े, जरा ठहर।"

मैं बनावटी क्रोध दिखाते हुए कहता, "ए लड़की, अपने मालिक को लंगड़ा कहती हैं, मैंने तुझे तीन हजार रुपये देकर खरीदा है। अब

मैं तेरा मालिक हूं।"

"तो तुझे क्या कहूं, मेरे मालिक?"

"बाबू।"

"बाबू।"

"हां, बाबू कहा कर।"

"अच्छा बाबूजी, यह तो बताओ, तुम कहां के रहने वाले हो?"

"बहुत दूर के।"

"यह कोई जवाब नहीं हुआ?"

"बस, इतना जानना ही काफी है।"

लक्ष्मी देर तक चुप चलती रही।

अब की मैंने पूछा, "ए लड़की!"

"मुझे लक्ष्मी कहो ना।"

"ए लक्ष्मी, जब तूने मुझे लंगड़ाते देखकर मालूम कर लिया था, कि मैं सच में लंगड़ा नहीं हूं, तो उस समय और क्या-क्या मालूम कर लिया था?"

"यह कि तुम बड़े जालिम मर्द हो।"

कुछ दूर और आगे चले। मार्ग में जंगल के अन्दर एक बड़ी ही सुन्दर कुंज दिखाई दिया। अर्धगोलाकार में देवदार के पेड़ खड़े हुए घने छतारे पेड़, और उनके अन्दर किनारे-किनारे फूल खिले हुए और उनके अन्दर घास का गलीचा-सा था।

मैंने रुककर और लक्ष्मी की ओर अर्थ-भरी दृटि से देखकर कहा, "यहां तेरे संग प्यार करने को जी चाहता है।"

"धत्।" लक्ष्मी इठलाकर बोली, "मटकी फोड़ दूंगी तेरे सिर पर।"

मैं हंसकर आगे चल पड़ा, मार्ग में रुककर बोला, उस अंग्रेज जोगी ने तुमसे प्यार नहीं किया?"

"मन तो बहुत चाहता था उसका, ऐसी मीठी-मीठी निगाहों से देखता था, मगर...।"

वह रुक गई।

"मगर क्या?" मैंने पूछा।

"सौदा नहीं तय हुआ।"

"क्यों?"

"वह मेरे सिर्फ तेरह सौ देता था," लक्ष्मी ने भवें कमान की भांति खींचकर मेरी ओर देखकर कहा, "भला क्या मैं तेरह सौ की हूं?"

"तू तो तीन हजार में भी सस्ती है।"

"इधर हमारे इलाके में रिवाज है, गरीबों और अछूतों की लड़कियां ऐसे ही बिक जाती हैं।"

"हर कोई?" मैंने पूछा।

"हर कोई तो नहीं, पर कोई-कोई जो बहुत गरीब होते हैं, जैसाकि मेरा बाप है। जिसमे पास जमीन नहीं होती, वे लड़की बेचकर अपनी इच्छांए पूरी कर लेते है।"

"तुम इसे ठीक समझती हो?"

“ठीक नहीं है तो गलत क्या है? जमीन के बिना किसान क्या है, और मालिक के बिना औरत क्या है?”

“मैं तेरा मालिक हूं?”

“तुम मुझे क्या समझते हो, यह तो तुम जानो, मैं तो जीवनभर अपना मालिक समझूंगी।”

फिर कुछ देर चुपचाप चले, फिर वह बोली, “मन्दिर निकट आ रहा है।”

मैंने पूछा, “नया मन्दिर है या कि पुराना?”

“बहुत पुराना” लक्ष्मी बोली, इस पर बहुत घास-फूस, झाड़-झंखाड़ उगा हुआ था, अंग्रेज लोगों ने आकर साफ कराया है।”

“किस देवी या देवता का मन्दिर है?”

“यह तो मैंने अन्दर जाकर नहीं देखा। मन्दिर के चारों ओर बड़ा-सा आंगन है, उसके बीच में दीवार में एक दरवाजा है, दरवाजा नया-नया लगा है, लकड़ी का दरवाजा है, उसके बाहर एक हत्थी लगी है, उस हत्थी में एक रस्सी बंधी है, जब मैं दरवाजे पर जाऊंगी तो हत्थी को हाथ में लेकर हिलाती हूं, तो अन्दर कहीं घंटी बजने लगती है, और अंग्रेज जोगी दरवाजे पर आकर दूध ले जाता है।”

“और बरतन कहां साफ करती हो?”

“मन्दिर के पीछे चार कुटियां हैं, उनमें से एक रसोई है, बाकी तीनों अंग्रेज जोगी के चेले रहते हैं।”

“चेले! चेले भी हैं उसके?”

“हां, एक औरत है, बाकी मर्द है।”

मैं सोच में पड़ गया, बहुत देर तक चुप रहा। घनें जंगल के बीचोबीच पुराने मन्दिर की इमारत दिखाई देने लगी थी। मन्दिर के दरवाजे से जरा-सी दूरी पर एक घने पेड़ पर घनी बेले चढ़ी हुई थी, मैं उनके पीछे खड़ा हो गया। मैंने लक्ष्मी को समझा दिया था कि वह अंग्रेज जोगी से मेरे बारे में कोई बात न करे, न यह प्रकट करे कि वह किसी के साथ आई है। लक्ष्मी मान गई। दरवाजे पर पहुंचकर लक्ष्मी ने बायें हाथ से हत्थी पकड़कर उसे जोर-जोर से हिलाया।

कुछ क्षणों में धीरे से दरवाजा खुला। गेरुए कपड़े पहने हुए एक लम्बे कद का गोरा आदमी दरवाजे में खड़ा दिखाई दिया। मैं उसे देखकर चौंक गया। यह राबर्ट हिल था।

उस रोज मैं उसके सामने नहीं आया। लक्ष्मी दूध की मटकी देकर मन्दिर के पिछवाड़े चली गई, और जब तक वह बरतन आदि साफ करके आई मैं सोचता रहा, रार्बट हिल यहां क्या कर रहा है। मैं एक अजीब-सा खतरा महसूस कर रहा था। मेरे सारे हवास जाग गए थे, सोच रहा था, इस मन्दिर के अन्दर क्या है? मन्दिर के अन्दर जाना कैसे सम्भव होगा,'

जब लक्ष्मी काम करके वापस आ गई, तो मैंने उसे साथ लेकर मन्दिर से दूर-दूर रहकर उसके चारों ओर चक्कर लगाया। मन्दिर चारों ओर से घने पेड़ों से घिरा हुआ था। बहुत-सा भाग ढह चुका था। जो शेष था, उसे देखने से पता चलता था कि यह हिन्दू मन्दिर नहीं है, बौद्धों का रहा होगा किसी समय में। चारों ओर ऊंची दीवार थी, झाड़-झंखाड़ बहुत कुछ साफ करने पर भी बहुत-से स्थानों पर उगा दिखाई दे रहा था। पिछवाड़े का जंगल बहुत घना था। हम लोग दूर तक उसके अन्दर

घूमते रहे, मगर कुछ मिला नहीं। मेरा मस्तिक बराबर कार्य कर रहा था, मगर मैं अभी तक किसी परिणाम पर न पहुंच सका था।

लक्ष्मी ने रास्ते-भर बहुत-से प्रश्न मुझसे किए। कुछ के उत्तर मैंने दिए अधिकतर हूं-हां करके टालता रहा। जब लक्ष्मी ने देखा कि मेरा ध्यान कहीं और है, तो वह भी चुप हो गई। शेष मार्ग में वह चुप रही। फिर उसका घर आ गया।

लक्ष्मी का बाप बहुत बेचैन और दुखी दिखाई देता था। कभी-कभी वह अजीब निगाहों से मुझे देखने लगता, मगर मैं अपनी उधेड़बुन में उलझा हुआ था, इसलिए मैंने उसकी ओर कोई ध्यान नहीं दिया। सुबह से दोपहर हो गई थी जंगल-जंगल घूमने में, इसलिए जोरों की भूख लगी थी। और जब लक्ष्मी ने गरम-गरम दो रोटियां तरकारी के साथ खिलाई, तो मैंने खूब मजे ले-लेकर पेट भरके खाया, और बीच-बीच में उसके खाना पकाने की सराहना करता रहा।

खाना खाने के बाद मुझे नींद आ गई। मैं शायद बहुत देर तक सोता रहा, क्योंकि जब उठा तो तीसरे पहर के साये ढल चुके और शाम निकट आ गई थी। घर से बाहर लक्ष्मी का बाप एक दरांती पत्थर से रगड़कर तेज कर रहा था। मुझे देखकर उसकी आंखों में एक तेज चमक पैदा हुई, फिर तत्काल बुझ गई और वह सिर झुकाकर दरांती तेज करने में लग गया।

मैंने उससे पूछा, "लक्ष्मी कहां है?"

"ढोर-डंगर चराने गई है।"

"तुम दरांती क्यों तेज कर रहे हो?"

"घास काटूंगा, जानवरों के लिए चारा चाहिए।"

मैंने एक जम्हाई ली, बोला, "दोपहर मैंने खाना बहुत खा लिया, बहुत सो लिया।"

वह कुछ नहीं बोला।

मैं उसके सामने लंगड़ाते-लंगड़ाते चलते हुए कहने लगा, जरा इस ढलवान तक हो आऊं।"

वह बोला, "तुमने अंग्रेज जोगी से दवा नहीं ली?"

मैंने कहा, "दर्द कुछ कम है, फिर मैं सोच भी रहा हूं कि नैनीताल जाकर किसी डाक्टर को दिखाऊं, जाने वह जोगी कैसी दवा दे।"

वह चुपचाप रहा, और दरांती तेज करता रहा। मैं जब ढलवान की ओर चला और कुछ कदम चलकर जब मैंने पीछे मुड़कर देखा, तो वह मेरी ओर देख रहा था। मुझे देखते ही उसने जल्दी से अपनी निगाहें झुका लीं। मैं ढलवान से नीचे उतरकर जंगल में गायब हो गया। चलते-चलते चीड़ के एक ढूंठ पर आ बैठा। मालूम नहीं कब तक बैठा रहा, और सोचता रहा, अब आगे मुझे क्या करना चाहिए। बहुत समय हो गया। मेरे चारों और अंधेरा बढ़ रहा था और दूर आकाश पर शाम की लाली की धारियां लाल से किरमिजी रंग में बदल रही थीं और हवा में एक भयानक शीतलता आ चुकी थी। दक्षिण में बादल उमड़ते आ रहे थे।

"कब तक यहां बैठे रहोगे?" एक आवाज आई।

मैंने चौंककर देखा, लक्ष्मी मेरे सिर पर खड़ी थी।

बोली, "मैं जानवर चरा लाई, दूध दुह लिया, उनको चारा डालकर उनकी जगह बन्द कर दिया, बापू खाके खेतों की टूटी बाढ़ ठीक करके आ गए और तुम जब से यहीं बैठै हो। क्या सोच रहे हो?"

"कुछ नहीं।"

उसकी आंखों में एक तेज़-चंचल चमक उत्पन्न हुई। क्षण-भर के लिए, फिर गायब हो गई। मुस्कराकर उसने अपना हाथ आगे बढ़ा दिया, बोली, "उठो, घर चलो।"

मैं उसका हाथ थामके उठ बैठा। लक्ष्मी ने हवा दो-तीन बार नथुने फुलाकर सूंघा, चारों ओर देखा, आसमान के बादलों को पढ़ा, पेड़ों की चोटियों की ओर देखा, फिर बोली, "तूफान के आसार है।"

और वास्तव में जब खाना खाके हम लोग सोने की तैयारियां करने लगे, तो झक्कड़ तेज हो गया और बारिश की बौछारें पड़ने लगीं, और जंगल को धुन्ध और अंधेरे ने घेर लिया। कभी-कभी जब बिजली चमकती तो जंगल के पेड़ हवा के जोर से लचकते हुए दिखाई देते थे।

मैं बहुत देर तक बरामदे में बैठा-बैठा बढ़ते हुए तूफान को देखता रहा। अन्दर दोनों बाप-बेटी बातें करते रहे। फिर लक्ष्मी बाहर आई, बोली, "अब सोओगे नही?"

"तुम्हारे बापू क्या बाहर बरामदे में सोएंगे इस तूफान में?"

"हां," वह बोली, "हमारे बरामदे में पानी नहीं आता, चारों ओर जंगला लगा है, और दरवाजा लकड़ी से ढका है। देख लो।

"हां, यह तो ठीक है।"

"और हम लोग तूफान के आदी है।"

"यह भी ठीक है।"

"इसलिए अन्दर चले जाओ।"

इतना कहकर वह दरवाजे के अन्दर लौट गई। थोड़ी देर के बाद

उसका बाप अपना कम्बल लेकर बाहर आ गया। मैं अन्दर चला गया। अन्दर लक्ष्मी खाट पर मेरा बिस्तर बिछा रही थी।

"बेकार में बिछाती हो, तूफान में अकेले कौन सोएगा।"

वह बोली नहीं, मुस्कराती निगाहों से मुझे देखती हुई पायंती पलट गई और कम्बल ठीक करने लगी। फिर खाट की ओर संकेत करके बोली, "अब शरीर मत बनो, आराम से सो जाओ।" इतना कहकर उसने अपना बिस्तर मेरी खाट के पास नीचे बिछा दिया, फिर दीया बुझा दिया।

फिर देर तक मुझे उसके कपड़े उतारने की सरसराहट सुनाई देती रही और हाथों के कंगन बजते गए और पांव के बिछुवे। बीच-बीच में बादल कड़कते थे, धरती धमकती थी, और बन्द दरवाजे से बिजली की तेज रोशनी कौंध जाती। रोशनी में मैंने एक क्षण के लिए देखा, वह कम्बल सर से पांव तक लिए लेट गई थी। एकाएक बादल 'फिर जोर से गरजे, और मेरे शरीर में एक गरम तूफान-सा उबलने लगा, और मुझे उसका रेशम से अधिक मुलायम और कोमल शरीर याद आने लगा।

मैं खाट से उतरकर उसके बिस्तर पर चला गया। अंधेरे में मैंने उसे अपने-आपसे लिपटा लिया। फिर मैं यह देखकर चकित रह गया, कि वह रो रही थी। चुपचाप आंसू उसकी आंखों से बह रहे थे। अंधेरे में मेरी उंगलियां उसका चेहरा टटोल रही थीं। टटोलते-टटोलते मैंने देखा, उसका चेहरा आंसुओं से भीग गया था। ओर जब मैंने सन्देह करते हुए जानने के लिए अपना गाल उसके गाल से लगा दिया, मुझे उसका गला गीला-सा लगा।

"तुम रो रही हो लक्ष्मी?"

"नहीं।"

"क्या बात है?"

"कुछ नहीं।"

"कुछ तो है?"

"बस,कुछ नहीं।"

"बताओ।"

"तूफान से डर लगता है, आज पहली बार मैं रोई हूं।"

"नहीं झूठ, पहाड़ी लड़कियां तूफान से नहीं डरती हैं, सच-सच बताओं।" मैंने तीन-चार बार उसका मुंह चूमकर कहा।

वह बोली, "मुझे उठने दो।"

"उठकर क्या करोगी?"

"तुम्हें अपने रोने का कारण बताऊंगी।" मैंने अपनी बांहे उससे अलग कर लीं। वह उठी, उठकर उसने दीया जलाया। कोने की एक भंडेरी में से कागज का एक टुकड़ा निकाला, जिसकी कई तहें थीं। तहें खोलकर जब वह उस कागज को कम्बल पर बिछा रही थी, मैं उसके घने बालों को सूंघ रहा था।

"हटो, छोड़ो मुझे, और देखो यह क्या है।"

मैंने काग़ज़ पर निगाहें डाली। यह एक बड़ा-सा विज्ञापन था, जिसके बीचोबीच मेरी तस्वीर थी। मेरे हाथ में पिस्तौल थी, और यह उस समय की तस्वीर थी, जब अदालत में मैंने पुलिस इंस्पेक्टर पर गोली चलाई थी। उस समय मैंने कहीं से फ्लैस की एक झलक देखी थी, मगर जल्दी से भाग जाने की कोशिश में मेरा ध्यान उस बारीक-सी आवाज पर न गया था। विज्ञापन में मुझे सरकार ने अपराधी करार

दिया था, और मेरी गिरफ्तारी पर पांच हजार के इनाम की घोषणा की थी।

"तुम कौन हो?" लक्ष्मी ने पूछा।

मैंने कोई उत्तर नहीं दिया।

"तुमने क्या अपराध किया है?"

मैंने उसका उत्तर न देकर उससे पूछा "यह विज्ञापन तुम्हें कहां से मिला?"

"बापू सुबह नीचे बाजार में गए थे, वहां बहुत-से विज्ञापन लगे थे। बापू ने तुम्हारी तस्वीर पहचान ली, एक विज्ञापन दुकान से लेकर आ गए।"

"क्या कहते हैं तुम्हारे बापू?"

"कह रहे थे, किसी से कहना नहीं, कल तुम्हें पुलिस में दे देंगे, पांच हजार...।"

"और तुमने क्या कहा?"

"मैंने कहा, 'अगर तुम उन्हें पुलिस में दोगे तो मैं आत्महत्या कर लूंगी।"

"मेरे लिए आत्महत्या?"

"औरत का मालिक एक ही होता है।"

"अब वह जमाना नहीं रहा।"

"बेकार की बातें मत करो।"

"बापू ने तुम्हारी बात सुनकर क्या कहा?"

"चुप हो गए, मगर उनको मेरी बात का विश्वास नहीं हैं। मेरा ख्याल है वे सुबह होते ही पुलिस में जाएंगे।"

सोच-सोचकर मैंने उससे कहा, "क्या तुम उनको एक दिन के लिए रोक नहीं सकती हो?"

"रोक सकती हूं, अपनी सौगन्ध दिला दूंगी; एक दिन के लिए वे इन्कार नहीं करेंगे, मगर इससे क्या लाभ?"

"तो तुम क्या कहती हो?"

"मैं कहती हूं, कल सुबह घर से भाग चलें।"

"हम दोनों?"

"हां, हम दोनों।"

"तुम एक अपराधी का साथ दोगी?"

"तुम मेरे मालिक हो।"

अबकी मैं बहुत देर तक चुप रहा, फिर मैंने उससे कहा, "जैसा मैं कहूंगा, करोगी?"

"करूंगी।"

"तो बापू को एक दिन के लिए पुलिस में रिर्पोट न करने के लिए राजी कर लो; और तुम कल सुबह यह विज्ञापन लेकर अंग्रेज जोगी के पास जाओ, और उसे यह विज्ञापन दिखाकर उसे बाताओ की यह आदमी हमारे घर में छुपा बैठा है।"

"फिर?"

"फिर जो वह कहे मुझे आकर बताना।"

"अच्छा।" वह एक लम्बा सांस लेकर बोली। फिर बहुत देर चुप रहने के बाद बोली, "इससे क्या तुम बच जाओगे?"

"अब बचने की यही एक तरकीब है।"

"सच!"

मैंने कन्धों के पास उसकी दोनों बांहों में हाथ डालके उसके गुदगुदी की। वह हंस-हंसकर लहराने लगी, जैसे उसे मेरी बात पर विश्वास आ गया हो। ये लड़कियां भी कितनी भोली होती है!

दूसरे दिन जब वह दोपहर में मन्दिर से लौटी तो मैंने उससे पूछा, "तुमने विज्ञापन दे दिया था?"

"हां।"

"फिर क्या हुआ?"

"वह उसे देखकर चौंक पड़ा; देर तक उलट-पलटकर देखता रहा, कुछ सोचता रहा, फिर बोला, 'और तुम कहती हो, यह आदमी तुम्हारे घर में है?' "

'हां।'

"और उसे विज्ञापन के बारे में कुछ पता नहीं है। इतना कहकर अंग्रेज जोगी ने गहरी नजरों से मुझे देखा।

"जी हां, कुछ मालूम नहीं, मैंने उसे कुछ नहीं बताया।' "

"वह तुम्हारे घर में क्यों आया?' "

"वह ऊपर के जंगल से लंगड़ाता हुआ आया था, कहता था, मैं

चल नहीं सकता। मेरी टांग टूट गई है शायद। दो-तीन दिन तुम्हारे घर में रहूंगा। उसने बापू को पचास रूपये भी दिए थे।

''तो क्या वह सचमुच लंगड़ा हो चुका है?''

''जी नहीं।' मैं बोली, 'मेरा ख्याल है, वह बनता है, मैंने कभी-कभी, जब वह अकेला होता है और समझता है उसे कोई नहीं देख रहा है, उसे ठीक तरह से चलते हुए भी देखा है।'

वह अंग्रेज मुस्कराने लगा। बहुत देर तक सोचने के पश्चात् बोला, ''तुम्हारा क्या ख्याल है, वह अभी तक तुम्हारे घर में होगा, कहीं दूसरी जगह भाग नहीं गया होगा?''

''नहीं, मेरा ख्याल है, उसे हम पर कोई सन्देह नहीं है, और हमें भी नहीं था, लेकिन बापू जब बाजार से यह विज्ञापन लेकर आए, तो हम दोनों ने उसे पहचान लिया। बापू ने कहा, गुरुजी से पूछो, उसके पास यह विज्ञापन लेके जाओ, और जैसा वे कहें करो।'

अंग्रेज जोगी बहुत देर तक चुप रहा, तो मैंने कहा, 'गुरु महाराज, क्या हम उस खतरनाक आदमी को पुलिस को पकड़ा दें?''

''नहीं।' अंग्रेज जोगी के मुंह से निकला।

''तो फिर?''

'अंग्रेज जोगी ने कोई उत्तर न दिया, जब बहुत देर तक वह कुछ नहीं बोला, तो मैंने पूछा, 'गुरु महाराज, क्या मैं उस आदमी को आपके पास किसी बहाने से ले आऊं?'

'नहीं।' अंग्रेज जोगी ने उत्तर दिया।

'पुलिस में भी न दूं, आपके पास भी न लाऊं, तो क्या करूं?'

"अंग्रेज जोगी बोला, 'मैं तुम्हारे साथ चलता हूं, उसे दूर से देखकर मैं निर्णय करूंगा।

"फिर क्या हुआ?" मैंने बेसब्री से पूछा।

लक्ष्मी बोली, "अंग्रेज जोगी कुछ दूर तक मेरे साथ आया, फिर वह कुंज, जो तुमने रास्ते में देखा था..." लक्ष्मी मारे शर्म के लाल हो गई। "जहां...जहां," वह रुक-रुककर निगाहें नीची करने लगी। "वहां रुककर उसने इरादा बदल दिया, बोला, 'तुम आज शाम को उसे यहां भेज दो, और अगर उसे यह जगह न मालूम हो तो उसे यहां छोड़ जाओ, मगर उसे छोड़कर स्वयं नहीं रुकना, सीधे घर चली जाना। समझ गई? और उसे कुछ मत बताना, वरना सब चौपट हो जाएगा। उस आदमी को बिलकुल मालूम न हो कि तुम उसे मुझसे मिलाने के लिए यहां ला रही हो, समझ गई?'

"जब मैंने 'हां' में सर हिला दिया तो अंग्रेज जोगी ने एक बार फिर मुझे सब बातें समझाई, और बोला, 'अपने बाप को बोल देना, किसी प्रकार उस आदमी को पुलिस को न पकड़ाए, पांच हजार तो कोई रकम नहीं है, उस आदमी के द्वारा तुमको और भी अधिक रुपया मिल जाएगा।'

"बहुत चालाक है अंग्रेज।" मेरे मुंह से निकला।

"इसमें चालाकी की क्या बात है?" लक्ष्मी भोलेपन से बोली, "मुझे बताओ न, तुम कौन हो, और क्यों पुलिस तुम्हारे पीछे है, और वह अंग्रेज जोगी क्यों तुमसे मिलना चाहता है, और तुम्हारे द्वारा मेरे बापू को पांच हजार से अधिक रुपया कैसे मिल सकता है?"

मैंने सुनकर कहा, "एकसाथ तो मैं सब प्रश्नों के उत्तर नहीं दे सकता। इतना जरूर कह सकता हूं कि आगे चलकर अगर तुम मुझसे

वफादार रही, तो तुम्हे हर प्रश्न का उत्तर मिल जाएगा।''

''तुम मेरे मालिक हो।'' लक्ष्मी मेरा हाथ पकड़कर बोली, ''अगर तुमसे वफादार न रहूंगी तो फिर किससे रहूंगी।''

मैंने कहा, ''समय आने पर देखा जाएगा।''

''मेरा दिल कहता है,'' लक्ष्मी ने अपने सीने पर हाथ रखकर कहा, ''जरूर कोई बुरी बात होने वाली है। या तो बापू तुम्हें पुलिस को पकड़ा देंगे, या वह अंग्रेज जोगी कुछ करने वाला है। मुझे उसकी निगाहें अच्छी मालूम नहीं होती। मैं तो कहती हूं, चलो, यह जगह छोड़ दें।''

''तुम मेरे साथ चलोगी?''

''तुम्हारे सिवा अब मेरा ठिकाना कौन-सा है?'' वह मेरे गले से लग गई, ''जहां चाहो, ले चलो।''

''इस समय उस कुंज तक मेरे साथ चलो, मगर वचन दो, मुझे छोड़कर घर लौट आओगी।''

''नहीं, मैं दूर खड़ी देखती रहूंगी, पेड़ों की ओट से छुपी हुई।''

''नहीं, वचन दो, तुम घर लौट आओगी।''

''वचन देती हूं।''

''ऐसे नहीं, खाओ मेरे सिर की सौगन्ध।''

''तुम्हारे सिर की सौगन्ध।''

शाम ढलने लगी थी, जब हम उस कुंज में पहुंचे। मुझे वहां पहुंचाकर लक्ष्मी ने ऊंची आवाज में कहा, ताकि अगर कोई पेड़ों के पीछे छुपा हो तो सुन ले, ''मैं तुम्हें यहां छोड़ जाती हूं बाबू, जंगल से घास

काटने जा रही हूं। ऊपर घास का गट्ठा लादकर जाऊंगी, तो तुम्हे वापस ले चलूंगी, तब तक तुम मेरा इन्तजार करो।"

"बहुत अच्छा।" मैंने उससे बड़ी संजीदगी और गंभीरता से कहा।

जब लक्ष्मी चली गई, तो मैं एक बड़ी चट्टान पर बैठ गया। शाम ढलते ही अंधेरा बढ़ने लगा, और जब अंधेरा बहुत बढ़ गया, और कोई नहीं आया, तो मुझे जरा घबराहट शुरू हुई। मैंने इधर-उधर देखा, पेड़ों के पीछे सरसराहट शुरू हुई तो मैं चौकन्ना हो गया, मगर अन्दर ही अन्दर डरते हुए परन्तु ऊपर से शौर्यपूर्ण ढंग से चट्टान पर बैठा रहा, जैसे मुझे कुछ मालूम ही नहीं। धैर्य और लापरवाही प्रकट करने के लिए पहले तो मैं हौले-हौले गुनगनाता रहा फिर मैंने जेब से सिगरेट की एक डिबिया निकालकर उसमें से एक सिगरेट निकालकर मुंह से लटकाया, फिर दूसरी जेब में हाथ डालकर लाइटर निकाला, और उससे सिगरेट सुलगाने वाला ही था कि पीछे से किसी ने मुझे जोर का धक्का दिया और मैं चट्टान से गिरकर नीचे धरती पर आ रहा। मैंने जल्दी से उठने की कोशिश की, मगर अब दो आदमी मेरे सिर पर खड़े थे और मैं अकेला था। मैंने लड़ाई जारी रखने और उन्हें परास्त करने की दो-तीन बार जबर्दस्त कोशिश की, पर हौले-हौले मेरी कोशिश कमजोर पड़ती गई, मेरा शरीर ढीला पड़ता गया, और मैंने ऐसा प्रकट किया जैसे मैं आक्रमणकारियों के आगे बेबस हो चला हूं। कुछ समय के पश्चात् मैं बेदम होकर एक मुक्के की ताब न लाकर धरती पर गिर पड़ा, और यह प्रकट किया, जैसे मैं बेहोश पड़ा हूं। फिर किसी ने मेरे चेहरे पर एक सुगंध वाला रूमाल रख दिया। यह होलाआयल की सुगंध थी। मुझे मालूम था, एक मिनट के अंदर-अंदर मैं बेहोश हो जाऊंगा, मगर मैंने किसी प्रकार की चेष्टा नहीं की। होश के अंतिम क्षणों में मुझे केवल इतना याद है कि किसी की बलिठ बाहें मुझे उठाकर अपने कंधे

पर लाद रहीं थी। फिर मेरी चेतना पर अंधेरा छा गया और एक गूं-गूं करता हुआ सन्नाटा मेरे चारों ओर घूमने लगा।

जब होश मे आया तो मैंने देखा, मैं शायद किसी तहखाने के अंदर हूं : कमरे की गोली और पथरीली छत से अनुमान लगाया। मैं एक पलंग पर पड़ा था, और मेरे हाथ-पांव एक मजबूत रस्सी से बंधे हुए थे। कमरे में एक ताक में लालटेन जल रही थी, और मेरे सामने एक लकड़ी की कुर्सी पर वही अंग्रेज जोगी यानी राबर्ट हिल बैठा हुआ मुस्करा रहा था।

मुझे होश में आते देखकर बोला, ''हैलो अजयकुमार।''

''हैलो राबर्ट।'' मैंने उत्तर दिया।

''क्या मामले की बात शुरू करें?'' वह बोला।

मैंने कहा, ''मुझे चाय की बड़ी तलब है।''

''ऑफकोर्स, ऑफकोर्स!'' राबर्ट ने बड़ी नरमी से कहा, फिर जरा पीछे मुड़कर दरवाजे की ओर देखकर आवाज दी, ''नीलू! नीलू!''

लालटेन का प्रकाश इस प्रकार पड़ रहा था कि दरवाजा अंधेरे में था। मैं नीलू को अंदर आते हुए नहीं देख सका, लेकिन जब वह आदमी, जिसको नीलू के नाम से पुकारा गया था, राबर्ट हिल के सामने आ खड़ा हुआ तो सबसे अधिक मुझें उसके जरदी-मायल चेहरे से प्रभावित किया, और उसके सबसे अधिक पतले-बारीक गोया ब्लेड से छिले-कटे हुए होठों ने। उसके होंठों पर एक अजीब विजय जैसी मुस्कान थी। सर के बाल इस प्रकार सावधानी से कटे थे कि आधे इंच से भी कम ऊंचे थे। कन्धे बड़े-बड़े थे, औ बांहो की मछलियां उभरी हुई। उसने एक गेरुवा चोगा पहन रखा था, बिना आस्तीन का। वह चुपचाप दबे पगों से चलता हुआ आया और राबर्ट हिल के पास सभ्य ढंग से खड़ा हो गया। उसे

देखकर मैंने अनुमान लगाया कि उस जंगली कुंज में मेरी ठुकाई करने वाला लगभग दूसरा आदमी यही था। उसकी विजयात्मक मुस्कराहट भी यही कह रही थी।

राबर्ट हिल ने उसकी ओर संकेत करके कहा, "यह नीलू पीकाथा है, ब्राजील का मिलाटू है। वहां कत्ल और अपराध के जीवन से तंग आकर यहां जोगी बनकर मेरे मठ में सम्मिलित हो चुका है। यह अपने चाकू से चमत्कार दिखा सकता है। चाकू का आर्टिस्ट है, आर्टिस्ट क्यों नीलू?"

नीलू मुस्कराया। राबर्ट हिल बोला, "यह होश में आ चुका है, हमारा मेहमान। इसकी रस्सियां खोल दो और इसके लिए चाय ले आओ। थका हुआ होगा।"

नीलू से बड़ी फुर्ती से रस्सियां खोल डालीं। उसके मजबूत हाथों की उंगलियां बड़ी लम्बी और बेचैन मालूम होती थी : ऐसे हाथ गला घोंटने के लिए कितने ठीक हैं, मैं सोचने लगा, और जब वह मेरी गर्दन की रस्सियां खोलने के लिए मेरे चेहरे पर झुका हुआ था, तो मैंने देखा उसकी आंखें जर्दी-मायल मैली-सी बहुत ही फीकी थीं; जैसे उन आंखों का कोई रंग ही न हो।

रस्सियां खोलने के बाद कुछ ही मिनट में चाय लेकर आ गया, और मुझे चाय देकर कमरे में चला गया, मगर मुझे ऐसा आभास हुआ कि जैसे वह बंद दरवाजे के उस पार सावधान खड़ा है।

मैंने कहा, "राबर्ट।"

"मुझे 'राबी कहो, राबर्ट नहीं।"

"राबी," मैंने कहा, "तुम्हारे मठ में चाय बहुत बढ़िया मिलती है,

और तुम्हारे सधाए हुए जोगी बड़े श्रेष्ठ घूंसामार प्रमाणित हो सकते हैं।''

वह हंसकर बोला, ''हमारा आज का मेहमान भी तो मुख्य आदमी है, पुलिस का खास आदमी।''

''क्या तुम मुझे अभी तक पुलिस का आदमी समझते हो?'' मैंने उससे पूछा।

''क्या समझता हूं, क्या नहीं समझता हूं, इसका निर्णय बहुत जल्द हो जाएगा, पहले मेरे-तीन चार प्रश्नों का उत्तर दो।''

''मैं तैयार हूं।''

''अगर तुम पुलिस के आदमी नही हो, तो रतलाम से दिल्ली किस मतलब के लिए आ रहे थे, और वह नैनी देवी की नकली आँख स्वर्गीय शांता बैनर्जी ने तुमसे कैसे प्राप्त कर ली?''

''उस समय मैं पुलिस का आदमी था, और नैनीताल छानबीन करने के लिए आ रहा था।''

''तो तुम मानते हो कि रतलाम की उस गाड़ी में जहां मैंने तुम्हे देखा था, तुम पुलिस के एजेंट थे, डिपार्टमेट जैड फौर नाइन के मुख्य एजेंट, वह डिपार्टमेंट जिसका उच्चाधिकारी हेमंतसिंह है?''

''मैं मानता हूं।''

''तुम नैनीताल किस कार्य से जा रहे थे?''

''मेरे पास नैनी देवी की नकली आँख मौजूद थी, जिसे मैं रानीखेत के मेले में सब लोगों के सामने नैनी की चोरी गई आंख के बदले उसकी जगह चेहरे पर लगाने वाला था, ताकि देहातियों की बेचैनी दूर हो। इससे

हमारा एक मतलब और भी था कि सम्भव है कुछ लोग नकली आँख को असली आंख समझकर उसे उड़ाने की कोशिश करें, विशेषकर इसलिए भी कि हम इंटरपोल की सहायता से असली नीलम की आँख चुराने वाला बैग प्राप्त करने में सफल हो गए, हालांकि अपराधी भाग गया।''

''वह फ्रीजर की गलती थी। उसने अपनी जान बचाई, बैग तुम्हारे हवाले कर दिया।'' राबर्ट का चेहरा क्रोध से अंगारा होने लगा।

''फ्रीजर आजकल कहां है?''

हिल ने जरा ऊंचे और कड़े लहजे में कहा, ''तुमने स्वयं ही तो बता दिया है कि फ्रीजर भाग गया है।''

मैंने हंसकर कहा, ''मैं तुम्हारी परीक्षा ले रहा था। असल किस्सा यह है कि हमने उससे सौदा किया। हमने उससे असली आंख प्राप्त कर ली और उसकी जान छोड़ दी। वह भागा नहीं था, हमने उसे भय दिया था।''

हिल बोला, ''तुमने एक रहस्य बताया है, तो दूसरा राज मैं बता देता हूं। हम लोग गद्‌दारों को भागने नहीं देते। फ्रीजर पकड़ा गया, और हमारे आदमियों ने उसे ठिकाने लगा दिया और अगर तुम झूठ बोलोगे तो तुम्हारे साथ भी यही होगा।''

''मुझे झूठ बोलने की जरूरत नहीं है, वास्तविकता तुम्हारे सामने है।''

इससे कुछ मिनटों तक निस्तब्धता रही।

फिर हिल ने पूछा, ''तो हेमंतसिंह की स्कीम क्या थी?''

मेरे पास दो आंखें थीं। आपनी आँखों की बात नहीं कर रहा हूं,

नैनी देवी की एक तो असल, जिसे मैंने एक खास जगह छुपाकर रखा था, दूसरी नकली।"

"नकली क्यों?"

"नकली इसलिए, कि हमें सन्देह था जब मैं बम्बई से चलूंगा, तुम्हारे आदमी मेरा पीछा करेंगे, या फ्रीजर के गिरोह के लोग जिनसे नीलमी आंख छीनी गई थी। मैं नकली आंख उनके हाथ में आने दूंगा, और यही हुआ भी, शांता बैनर्जी वह नकली आंख लेकर गई।"

"वह फ्रीजर के ग्रुप की थी, उससे हमारे आदमी ने वह आँख छीन ली और शांता को मार डाला। बाद में जब हमें मालूम हुआ कि वह आँख नकली थी, तो हमने दिल्ली में तुम्हारा पीछा करने की कोशिश की मगर तुम बच गए।"

मैं चुपचाप हिल के बयान का ध्यान देता रहा।

अन्त में हिल ने असल प्रश्न ही पूछा, "किस अवसर पर तुम ने अपना इरादा बदल दिया?"

"नैनीताल पहुंचने पर। थोड़ी-सी कमजोरी तो तुझमें पहले से थी। शायद तुम जानते हो, मैं सुन्दर औरतों का रसिया हूं। अच्छे लिबास, अच्छे भोजन और रहन-सहन का प्रेमी हूं, और वह चीज़ें मुश्किल से हाथ आती है, और फिर सी. आई. डी. एजेंट को इतना वेतन नहीं मिलता। सत्तर लाख की नीलमी आंख जेब में डालकर फिरते रहना, हर क्षण अपने-आपको लालच दिलवाना हैं। आखिर मैंने नीलमी आँख लेकर भागने का निर्णय कर लिया। विचार था भेस बदलकर खाड़ी के जंगलो में भाग जाऊंगा और जटाधारी साधू बनकर घूमता रहूंगा, फिर एक दिन चुपके से हिन्दुस्तान की सीमा पार करके बर्मा चला जाऊंगा या दक्षिणी अमेरिका। और जीवन सुख और ऐश से व्यतीत करूंगा। मगर हेमन्तसिंह को किसी प्रकार मेरे

इरादे का पता चल गया।''

''किस तरह?'' हिल ने तत्काल प्रश्न किया, ''वह बेचारा तो बम्बई में है।''

''मगर उसके एजेंट तो यहां मौजूद है।''

''कौन?''

''कुंवर अमरराजसिंह टिहरी गढ़वाल वाला।''

हिल के मुंह से सीटी की आवाज निकली, जैसे वह इस बात के मालूम पड़ते ही आश्चर्य में डूब गया हो।

मैंने कहा, ''आश्चर्य में डूबने की बात नहीं है इतनी। वह पुराने ठाठ समाप्त हो चुके अब। प्रिवीपर्स भी समझो,'' मैंने दोनों हाथों से जाने का संकेत किया। ''तो गरीब राजा क्या करें, कुछ तो करना है उन्हें।''

''तो कुंवर अमरराजसिंह को तुम पर कैसे सन्देह हुआ?''

''तय यह था'' मैंने उसें बताया, ''कि नैनीताल पहुंचकर मैं नीलम को असली आंख कुंवर अमरराजसिंह के हवाले कर दूंगा। इतनी बहुमूल्य वस्तु का किसी एक आदमी की जेब में सुरक्षा से रहना मेरे सिद्धान्त के विरुद्ध है। यह बात मुझसे हेमन्तसिंह ने तय कर ली थी, मगर जब नैनीताल पुहुंचा तो मेरा इरादा बदल गया। मैंने सोचा–जीवन में एक ऐसा अवसर किसी को मिलता है, मूर्ख मत बनो, तुम्हारे बीवी-बच्चे भी नहीं है, सीधे-सीधे उसे लेकर हिन्दुस्तान से बाहर भाग जाओ– और मैं इतनी बार हिन्दुस्तान से बाहर जा चुका हूं, और इतने मेरे जान पहचान के है, और इतने अड्डे हैं ,जब तक हिन्दुस्तान की सी. आई. डी. पुलिस इण्टरपोल के द्वारा मुझे ढूंढ़ निकालने की कोशिश करे मैं दक्षिणी अमेरिका पहुंच चुका हूंगा।''

"तरकीब तो अच्छी थी।" हिल ने सर हिलाया। उसे मेरी बात पर कुछ-कुछ विश्वास आने लगा था।

"कुंवर अमरराजसिंह ने दो बार मुझसे अकेले में बात करने की कोशिश की, मगर मैं व्यस्त होने का बहाना बनाकर टाल गया। मेरे ख्याल में या तो उसे सन्देह हुआ होगा, यह हेमन्तसिंह ने उससे सम्बन्ध स्थापित करके पूछा होगा, और दोनों ने वह चाल चली, यानी मुझ पर हीरे का कार्निशन चुराने का अभियोग लगाकर पकड़ लिया जाए।"

हिल मुस्कराने लगा, बोला, "यहां तुम गलती पर हो, उसमें कुछ थोड़ा-सा हाथ हमारा भी था।"

"तुम्हारा?" मैंने चीखकर कहा।

"धीरे बोलो।" हिल ने व्यंग्य-भरे लहजे में कहा।

मैं चुप हो गया। हिल बोला, "पहले तो हमने याट क्लब के लकड़ी के बरामदे को गिराकर तुम्हें पानी में डुबाकर तुम्हारी जेब से नीलमी आंख निकालने की कोशिश की थी, जब उसमें हम सफल न हुए, तो हमने कुंवरानी फीरोजा को तुम्हारे पीछे लगाया।"

"कुंवरानी फीरोजा?"

"यह उसका असली नाम नहीं है, वह हमारे गैंग की है, और उसके सौन्दर्य के जाल से मुश्किल ही से कोई बच सकता है। फिर हम तुम्हारी कमजोरी से भी परिचित थे।" हिल मुस्कराकर बोला, "इसलिए कुंवरानी फीरोजा को यह काम सौंपा गया था कि वह तुमसे प्यार-मोहब्बत की पैंग बढ़ाकर तुमसे वह नीलमी आँख निकलवा ले।"

"मगर उसने तो मुझे पकड़ा ही दिया, हीरे के कार्निशन की चोरी का आरोप लगाकर, और नीलम की आँख तुम्हारे हाथ में आने

के बजाय पुलिस के हाथ में चली गई। क्या उसने तुम्हे डबल क्रास किया?"

हिल मेरी ओर बहुत देर तक घूरकर देखता रहा, फिर बोला, "इस प्रश्न का उत्तर तुम्हीं ठीक तरह से दे सकते हो, और इस प्रश्न का ठीक उत्तर देने पर ही ठीक से पता चलेगा कि तुम अब भी पुलिस के आदमी हो या पुलिस से अलग हो चुके हो। यही प्रश्न तुम्हारी जिन्दगी और मौत का आधार है।"

तहखाने में बहुत तक तक निस्तब्धता रही, सांस की आवाज तक सुनाई देती थी। आखिर मैंने घुटे हुए लहजे में कहा, "अगर मैं इस प्रश्न का ठीक उत्तर दे दूं तो क्या तुम मुझ पर पूर्ण विश्वास करोगे?"

"हां।"

"मुझे अपनी गैंग में सम्मिलित कर लोगे? भागीदार बना लोगे?"

"हां।"

"और मुझे उस नीलम की आँख बेचने से कितना रुपया मिलेगा?"

"सत्तर लाख का अनुमान गलत है।" हिल बोला, "बीच में तो असली नीलम लगा है, लेकिन आँख की सफेदी वाले स्थान पर सच्चे हीरो का काम है, एक करोड़ की होगी, तुम्हें बीस लाख मिल जाएगा।"

"पचास लाख।"

"नहीं तीस लाख।"

"पैंतालीस लाख।"

"तीस लाख से एक कौड़ी अधिक नहीं दे सकते, इतना बड़ा गैंग है।"

मैंने कहा, "याद रखो, नैनी देवी की दोनों आँखें चोरी गई थीं। हम लोग फ्रीजर से केवल एक आँख ले सके। दूसरी आँख का आज तक कोई पता नहीं चला।"

"दूसरी असली आँख का हमें भी कुछ पता नहीं है।" हिल बोला। हालंकि मैंने महसूस किया कि यह झूठ बोल रहा है। "तुम मेरे प्रश्न का उत्तर दो, तुम्हें कुंवरानी फीरोजा ने क्यों पुलिस को पकड़वाना चाहा? क्या वह कुंवर अमरराजसिंह की एजेंट बन गई थी?" हिल ने मुझसे पूछा।

"साधारण आदमी यही उत्तर देगा।" मैंने उससे कहा, "मगर वास्तविकता कुछ और है, और वह तुम भी जानते हो, मगर मुझसे कहलवाना चाहते हो, तो सुन ला; कुंवरा फीरोजा ने मुझे पकड़वाकर दो शिकार किए हैं, कुंवर अमरराजसिंह बहुत समय से उसके पीछे पड़ा हुआ था कि उसने अपने साथ उस रहस्य के काम में ले ले, मगर हर बार कुंवरानी फीरोजा उसे टाल जाती थी। यह कार्निशन के हीरे की चोरी का मामला भी कुंवर अमरराजसिंह का समझाया हुआ होगा। उसने मुझे पकड़ाने और मुझ पर हीरे के कार्निशन की चोरी का आरोप लगाके, और मेरी जेब से नीलम की आँख निकलवाके दो आदमियों को खुश किया है।"

"पहला कौन है?"

"कुंवर अमरराजसिंह अब कुंवरानी फीरोजा अवश्य ही अमरराजसिंह के विश्वास में होगी।"

"और दूसरा कौन है जिसको उसने खुश किया हैं?"

"दूसरे तुम हो?"

"मैं मैं, कैसे?"

"इसलिए कि जो दूसरी नीलमी आँख मेरी जेब से निकली, वह भी नकली थी।"

"मेरा ख्याल है, मैंने दरवाजे के बाहर आहट-सी सुनी है।"

शायद उसी समय हिल ने भी सुनी। हिल तत्काल कुर्सी से उठकर दबे पैरों दरवाजे के पास गया। बन्द दरवाजा खोलकर उसने दरवाजे के बाहर देखा, कोई न था। जब उसे अच्छी तरह से तसल्ली हो गई तो अन्दर आया और मेरे गले से लग गया, बोला, "तुमने हर बात का ठीक उत्तर दिया है, तुम सच्चे गद्दार?"

"हां...मगर।" वह कुछ क्षण तक रुककर बोला, "वह असली आंख कहां है?"

"मेरे पास तो नहीं है।"

"तुम्हारे पास तो नहीं है, हमने तुम्हारी अच्छी तरह से तलाशी ली है, क्या वह लक्ष्मी के घर में है?"

"नहीं, वहां भी नहीं है।"

"फिर कहां है?"

"रानीखेत के मन्दिर में एक छुपे स्थान पर रखी है। मेरा ख्याल है, मैंने फिर आहट-सी सुनी है।"

हिल को भी शुबहा हुआ, वह बिजली-सी तेजी से बाहर गया। बाहर के बरामदे या कॉरीडोर जो भी ऐसी जगह थी, वहां उसे कोई दिखाई न दिया, हालांकि वह लालटेन लेकर गया था। वापस आकर उसने पूछा, "मुझे बताओगे नहीं?"

"बताऊंगा, मगर इससे पहले तुम मुझे अपनी गैंग में सम्मिलित कर

लो, ताकि मुझे विश्वास आ जाए कि मैं तुममें से एक हूं।"

"इस काम के लिए तुम्हें नैनीताल भेजना पड़ेगा।"

"मैं जाऊंगा।"

"परसों तक चले जाओ, मैं सब प्रबन्ध कर दूंगा, कुंवरानी फीरोजा को खबर कर दूंगा, तुम्हे उसके पास रहना होगा, वहां से तुम्हे सब मालूम हो जाएगा, ओ. के.।"

"कोई और बात?"

"बस, एक बात रह गई।"

"क्या?"

"मैंने तुमसे सच बोला, तुमने झूठ बोला।"

"झूठ किस बात पर?"

"यही कि तुम नैनी देवी की दूसरी आंख के विषय में कुछ नहीं जानते।"

"तुम्हारा क्या ख़्याल है?"

"यही कि दुसरी आंख तुम्हारे पास है।"

हिल देर तक चुप रहा, फिर धीरे से बोला, "तुम बहुत समझदार आदमी हो, बहुत जल्द बात की तह तक पहुंच जाते हो। उठो, मेरे साथ आओ।"

जब मैं उसके साथ बाहर आ गया, तो बाहर तहखाने ही की भांति एक और कमरा था, और दूर कहीं से हड़बड़ के चलने की आवाज सुनाई दे रही थी। हिल ने बड़ा जोर लगाकर एक चट्टान में घुसी हुई

लोहे की हत्थी खींची। उसके खींचने से धीरे-धीरे हड़बड़ का शोर बढ़ता गया, और चट्टानों की दीवार का एक भाग एक ओर को खिसक गया। फिर हिल ने मुझे अन्दर आने का संकेत किया। मैं उसके पीछे-पीछे अन्दर गया। यहां एक बहुत बड़ा तहखाना था, और दीवारों से टंगे हुए शिल्पकारी के दर्जनों श्रेष्ठ नमूने थे। गन्धार स्कूल, गुप्त स्कूल और कई दूसरे स्टाइल की श्रेष्ठ मूर्तियों, बीच में एक खम्भेनुमा चट्टान थी। हिल ने यहां भी एक हत्थी धुमाई और खम्भेनुमा चट्टान में एक लोहे की तिजोरी दिखाई दी। इस तिजोरी में बिजली का ताला लगा था। हिल ने उसे डिफ्यूज कर तिजोरी के नम्बर को घुमाकर खोल दिया, फिर हाथ डालकर उसे बाहर निकाला।

एकाएक मेरी आंख चुंधिया गयीं। हिल की हथेली पर नैनी देवी की दूसरी आंख चमक रही थी, असली आंख। साफ हीरों की सफेदी के अन्दर एक बहुत बड़ा नीलम चमक रहा था, जो हमारी आंखों की चुंधिया देता था।

कुछ क्षण कमरे में पूर्ण सन्नाटा रहा फिर हिल ने तिजोरी बन्द करते हुए, बिजली का ताला आन करते हुए, हत्थी को वापस घुमाने के पश्चात् मुझसे कहा, ‘‘अब तो तुम्हें विश्वास आ गया है, कि मैं तुम पर भरोसा करता हूं?’’

‘‘बिलकुल।’’

‘‘तो कान खोलकर सुन लो, वह दूसरी आंख भी मुझे मिल जानी चाहिये। दोनों आंखों को इकट्ठा बेचने से हमें अधिक रकम मिलेगी, और अगर हम नैनी देवी की मूर्ति चुराने में भी सफल हो गए, तो इतनी बड़ी रकम मिलेगी कि जीवन-भर फिर कोई काम करने की जरूरत नहीं रहेगी।’’

‘‘हाथ मिलाओ दोस्त।’’ मैंने हिल का हाथ पकड़कर जोर से झुलाया, फिर एकाएक हम दोनों घूम गए, कोई साया-सा गुजरा था। मगर बाहर आकर देखा तो कोई न था।

राबर्ट हिल एक बैचैनी-भरी हंसी हंसा, बोला, ‘‘तहखाने के अन्दर रोशनी की कमी अजीब धोखे में डालती है।’’

‘‘लगता है यहीं कहीं जेनरेटर भी है, फिर लालटेन का क्या अर्थ है? तहखाने में भी बिजली की रोशनी क्यों नहीं करते हो?’’

‘जेनरेटर दूसरे काम के लिए है, फिर भी हर कमरे में अगर तुमन ध्यान से देखा होता तो बिजली का भी प्रबन्ध है, मगर हम लोग अधिकतर लालटेन काम में लाते हैं, बिजली दूसरे काम के लिए है।’’

‘‘किस काम के लिए?’’

‘‘धीरे-धीरे समझ जाओंगे।’’ हिल ने रहस्य-भरे ढंग से उत्तर दिया। मैं चुप रहा।

वह वापस मेरे कमरे में आकर बोला, ‘‘आज रात यहीं रहो, बल्कि कल रात भी यहीं रहो। जब नैनीताल से उत्तर आ जाये मुझसे सब बातें समझकर नैनीताल चले जाओ।’’

मैंने कहा, ‘‘अगर मैं आज रात यहां रहा तो लक्ष्मी को सन्देह हो जाएगा, कि मैं कहीं भाग गया या तुमने मुझे कहीं भगा दिया। पुलिस को वे लोग सूचना दे देंगे, तो पुलिस सीधे इस मन्दिर में चली आएगी।’’

‘‘यह तुम ठीक कहते हो, तो फिर?’’

‘‘मैं वहीं रहूंगा, कल शाम को तुमसे मिलने आ जाऊंगा। कल

शाम तक तुम्हें पता भी चल जाएगा कि कुंवरानी फीरोजा ने क्या उत्तर दिया है।''

''हां, और नैनीताल से तुम्हारे संग जो आदमी रानीखेत जाएगा, उसका कोड अभी से याद कर लो।''

''बोलो।''

''वह कहेगा, 'आज झील में पानी बहुत कम है'।'' मैंने दोहराते हुए कहा, ''और मैं कहूंगा, 'मगर किश्तियां ज्यादा है' ठीक?''

''हां, कोड पूरा हो गया, तुम उस आदमी के साथ रानीखेत जाओंगे, और उस छुपी हुई जगह से दूसरी आंख निकालकर उसे दे दोगे।''

''अगर उसने डबल क्रास किया?''

''तो तुम उसके साथ-साथ लगे रहोगे।''

''यानी हम दोनों एक दूसरे की निगरानी करेंगे?''

हिल जोर से हंसा, फिर गम्भीर होकर बोला, ''रानीखेत से वापस लखनऊ तक तुम्हारे सफर का प्रबन्ध हो चुका है, और लखनऊ से दिल्ली और दिल्ली से पेरिस तक... अब मैं तुमसे पेरिस में मिलूंगा, अगर तुमने इस बीच कोई गलत हरकत न की; उस सूरत में हम दोनों अगली दुनिया में मिलेंगे।'' वह फिर जोर से हंसा।

मैंने कहा, ''विश्वास रखो, अब मुझसे कोई गलत हरकत न होगी।''

हिल ने मेरी आंखो से पट्टी बांधी, ''सॉरी, अभी तुम्हें गैंग के, और मन्दिर के सारे रहस्य नहीं बता सकता, धीरे-धीरे सब जान जाओंगे, और

जिस दिन वह असली आंख हमारे हवाले कर दोगे, उस दिन से पार्टनर बन जाओगे, हर रहस्य जान जाओगे। अब मैं तुम्हें स्वयं तुम्हारी आंखों पर पट्टी बांधकर मन्दिर के बाहर छोड़ आता हूं।"

जेनरेटर की घूं-घूं आवाज देर तक कानों मे सुनाई देती रही। हम कई बार पत्थर की सीढ़ियां चढ़े, कई बार उतरे, कई तंग कॉरीडोरो में से निकले। कहीं पर ताजी हवा का आभास होता था, कहीं पर ताजी हवा थमी हुई मालूम होती थी, कहीं पर घुटन का आभास होता था। एक स्थान पर मुझे ऐसा आभास हुआ जैसे मैंने किसी औरत की हंसी सुनी हो; मगर संभव है, यह मेरा भ्रम हो।

कोई आधे घण्टे तक चलने के बाद, राबर्ट हिल ने मुझे एक जगह रोककर मेरे चेहरे से पट्टी उतार दी। अब मैं जंगल में खड़ा था और मन्दिर कहीं दिखाई न देता था। मैंने राबर्ट हिल से पूछा, "कल शाम हम कहां मिलेंगे, मन्दिर में?"

"नहीं, उस कुंज में जहां मैंने और नीलू ने तुम्हारी पिटाई की थी।"वह फिर जोर से हंसा। उसकी हंसी बड़ी ऊंची और गूंजदार थी। मुझसे हाथ मिलाने के पश्चात् वह तेज-तेज कदमों से वापस चलता हुआ बहुत शीघ्र पेड़ों में गायब हो गया।

हालांकि मुझे दूसरे दिन हिल से मिलना था, लेकिन कुछ बातें मेरे मस्तिक में अभी तक साफ नहीं हुई थीं, इसलिए मैंने उससे मिलने से पहले अपने सन्देहों को दूर करने का निर्णय कर लिया। इसके लिए मन्दिर की तलाशी लेना बड़ा आवश्यक था, और तहखाने के रहस्य से परिचित होना भी जरूरी था। और इस काम को आज रात में कर लेना होगा, कल तो राबर्ट हिल से मिलना है।

शाम तक यही सोचता रहा कि लक्ष्मी को यह रहस्य बताऊं या न

बताऊं अगर कुछ बताना जरूरी हो तो कहां से बताऊं। सोच-सोचकर मैंने निर्णय लिया कि हालांकि लक्ष्मी बहुत ही वफादार साबित हुई, मगर वह अभी तक इतनी अक्खड़ और भोली है कि उसे कुछ बताना बड़ी भूल होगी। इसलिए रात को सिरदर्द का बहाना बनाकर अलग से खाट पर अकेला सो गया और लक्ष्मी देर तक मेरा शरीर दबाती रही, और जब उसने देखा कि मैं गहरी नींद सो गया हूं, तो खाट से उठकर नीचे धरती पर लेट गई।

मैं सोया न था, दम साधे पड़ा था। देर तक इस प्रकार सोता बनता पड़ा रहा। आखिर जब मुझे लक्ष्मी की सांसों के क्रम से विश्वास हो गया कि वह गहरी नींद सो गई है, तो मैं धीरे से खाट से उठा और दबे पांव दरवाजे तक गया। हौले-हौले, धीरे-धीरे समय ले-लेकर मैंने कुण्डी खोली और बाहर बरामदे में आ गया, जिसके चारों ओर लकड़ी का जंगला लगा था। एक कोने में लक्ष्मी का बाप बेसुध सोया हुआ था। मैं बेआवाज कदमों से चलता हुआ, बरामदे से निकलकर बाहर की घास पर पग रखता हुआ पशुओं के घर की बाड़ के दरवाजे तक गया और उसे खोलकर बाहर चला गया, और जंगल के किनारे-किनारे मन्दिर की ओर चलने लगा। दो-एक बार मैंने पीछे मुड़कर देखा कि कोई पीछा तो नहीं कर रहा है, मगर कोई न था। उधर से निश्चिन्तता प्राप्त करके मैं जंगल के अन्दर चला गया, लेकिन बहुत दूर अन्दर नहीं गया, केवल पेड़ों की ओट में चलने के लिए थोड़ा-सा अन्दर जंगल में चलता रहा, ताकि मुझे कोई देख न सके, चांदनी भी खिली हुई थी, इसलिए भी पेड़ों की ओट में चलना जरूरी था। कोई तीन घंटे चलने के बाद मैं मन्दिर के दरवाजे पर पहुंच गया। एक ऊंचे पेड़ का छतरा मन्दिर के निकट दिखाई दिया। इस पेड़ पर चढ़कर मैंने मन्दिर में चारों ओर नजर डाली। जब कोई दिखाई न दिया, तो एक डाली का सहारा लेकर मन्दिर की दीवार पर धीरे से उतर आया और वहां से

कूदकर नीचे मन्दिर के आंगन में कूद गया। आंगन से मन्दिर के बड़े हाल तक पहुंचने में दस मिनट लगे होंगे, लेकिन यह दस मिनट मेरे लिए बड़े खतरनाक थे। चांदनी इतनी साफ फैली हुई थी कि कोई मुझे आसानी से अपनी गोली का निशाना बना सकता था, और कहीं पर कोई आड़, पेड़ का साया, या किसी खम्भे से छुप जाने के लिए कोई ओट मुझे प्राप्त न थी। मगर कुशलता हुई, लगता था कि मन्दिर के आंगन की इस समय कोई निगरानी न कर रहा था, और मैं तेजी से मगर दबे पांव चलता हुआ मन्दिर के बड़े हाल में प्रविटि हो गया।

चौखट से निकलकर मैंने देखा कि अन्दर एक तो पथरीला निचला फर्श है, हाल के आधे भाग में, और आधे भाग में दूसरा पथरीला ऊंचा फर्श है, जिस पर महात्मा बुद्ध का लेटा हुआ एक काला बुत है। इसके अतिरिक्त हाल में और कुछ न था, पत्थर की दीवारें, पत्थर का फर्श, पत्थर की गुम्बदनुमा छत। मैंने दो-तीन बार बुत के आसपास चारों ओर ध्यान से देखा, चक्कर लगाया, मगर कोई विशेष बात नजर न आई।

मैं यह हाल छोड़कर उसके पीछे जाने ही वाला था कि अचानक मेरी नज़र बुत के पांव पर पड़ी, और मैंने देखा कि लेटे हुए बुत के दोनों पांव में से एक पांव का अगूंठा दूसरे पांव के अंगूठे से लगभग दुगना बड़ा है। ऐसी गलती कैसे हो सकती है? मैंने सोचा, एक पांव का अंगूठा दूसरे पांव से दुगना बड़ा कैसे होगा? जहां तक मैंने बुद्ध मत का अध्ययन किया है, और महात्मा बुद्ध के दूसरे बुत भी देखे है, उनमें से कई लेटे हुए भी बुत थे, किसी के पांव का अंगूठा दूसरे से बड़ा न था।

बुत के पांव की ओर खड़े होकर सोचते-सोचते मैंने कई बार इस बड़े अंगूठे को छुआ, फिर एकाएक मेरे दिल में एक ख्याल आया और मैंने इस अंगूठे को पकड़कर हिलाने की कोशिश की, मगर पत्थर का अंगूठा था, अपनी जगह से हिला नहीं। फिर मैंने जोर लगाकर उसे

ऊपर खींचने की चेष्टा की। इसमें भी असफल होकर मैंने जोर लगाकर उस अंगूठे को जब दबाने की कोशिश की तब मेरे आश्चर्य की कोई सीमा न रही, मैंने देखा कि मेरे जोर से दबाने से वह अंगूठा दबता ही चला गया, जैसे अन्दर कमानी लगी हो, और वह अंगूठा दूसरे अंगूठे के आकार का हो गया, तो एक गड़गड़ाहट-सी पैदा हुई। मैं उछलकर एक ओर हो गया।

मेरे पांव के पास यानी बुत के पांव के निकट अंगूठा दबाने से बड़ी सिल खिसक गई थी, और फर्श के अन्दर एक इतना बड़ा गड्ढ़ा पैदा हो गया था कि आदमी बड़ी आसानी से उसके अन्दर जा सकता था। मैंने देखा कि गड्ढ़े के अन्दर एक जीना है, जो और नीचे तक चला गया है। कुछ क्षण मैं यह सोचता रहा कि मुझे इस गड्ढ़े के अन्दर जाना चाहिए या नहीं, फिर साहस करके मैं गड्ढ़े में घुस गया, और ज्यों ही मेरे पांव पहले जीने पर पड़े, मेरे ऊपर पत्थर की सिल अपनी जगह पर आकर जम गई, और वापस जाने का रास्ता बन्द हो गया। अब मेरे लिए इसके सिवा और चारा भी क्या था कि मैं इस जीने के नीचे तक जाके देखता कि यह जीना कहां तक जाता है।

जीना उतरते-उतरते नीचे से रोशनी छनकर आने लगी। बाईस सीढ़ियां उतरके जब मैं नीचे पहुंचा तो मैंने अपने-आपको एक लम्बी गैलरी में पाया, जिसके दोनों ओर दीवारों पर हिन्दू देवी-देवताओं की बहुत-सी मूर्तियां मौजूद थी। इस गैलरी में जगह-जगह बिजली की रोशनी थी और मैं विश्वास के साथ कह सकता हूं कि मैंने किसी अजायबघर में शिल्पकारी के ऐसे श्रेष्ठ नमूने न देखे होंगे। उन्हें देखता हुआ जैसे ही मैं आगे बढ़ा, मेरे कानों में 'घूं-घूं' की आवाज आने लगी। कहीं पर जेनरेटर चल रहा था और उसकी धमक निकट सुनाई देती थी।

एकाएक मुझे एक आहट-सी सुनाई दी। मैंने सरस्वती देवी की एक ऊंची मूर्ति के पीछे छुप गया। कुछ ही क्षणों की देर हो जाती तो मैं पकड़ा जाता। मैंने नीलू पीकाथा को धैर्यपूर्वक सीटी बजाते और एक चाकू के फल को बन्द करते देखा। कुछ क्षणों में ही नीलू पीकाथा मेरे निकट से निकलता हुआ जीने की ओर बढ़ गया और जब वह ऊपर के जीने में गायब हो गया, तो मैंने सरस्वती की मूर्ति के पीछे से बाहर निकलकर आगे बढ़ने का निर्णय किया।

चलते-चलते जब मैंने गैलरी के अन्तिम छोर पर पहुंचा, तो मैंने देखा कि जहां गैलरी समाप्त होती है, वहां पत्थर की एक बहुत बड़ी चौखट है, जिस पर कमल के फूल खुदे हुए हैं और दरवाजे के बाईं ओर से एक दूसरी गैलरी निकली हुई है, और दरवाजे के दाईं ओर एक बहुत बड़ा बुत खड़ा है। मैंने उसकी ओट में जाकर अन्दर झांका तो एक अद्‌भुत दृश्य दिखाई दिया।

यह बहुत बड़ा हाल था, जिसमें कई दर्जन खम्भे होंगे। खभ्भों पर पत्थर की मूर्तियां थीं और दीवारों पर भी और छत पर भी अत्यन्त सुन्दर और श्रेष्ठ शिल्पकारी के नमूने, और सबके सब कामुकता से सम्बन्धित औरत-मर्द की वासनात्मक क्रियाओं के सैकड़ों नमूने। हाल में धूं-धूं का शोर गूंज रहा था और मैने देखा कि छः-सात गोरे आदमी बिजली की रेती लिए हुए धीरे-धीरे बड़ी सावधानी से कुछ मूर्तियों को दीवार या खम्भों से अलग करने के लिए काटने की कोशिश में लगे हुए है। एक दीवार तो बिल्कुल खाली हो चुकी है, लगता है इस दीवार की मूर्तियां उठाकर बाहर की गैलरी में रख दी गई है। अब एक खम्भे और दूसरी दीवार पर काम हो रहा था। रेतियां गर्ररर-गर्ररर की आवाज पैदा करती हुई चल रही थीं। हर आदमी के पास पानी से भरी हुई एक बाल्टी रखी थी, जिससे वह बार-बार कटी हुई जगह को साफ करता था और अपने

काम को आगे बढ़ाता था।

अब बात समझ में आ गई। इन लोगों ने श्रेष्ठ शिल्पकारी से भरपूर एक पुरानी मन्दिर का पता लगाकर उसकी मूर्तियों को चुराकर हिन्दुस्तान से बाहर भिजवाने का एक बहुत ऊंचा मंसूबा बनाके काम शुरू किया था, किसी को कानोंकान खबर न थी।

हाल के अन्दर जाना खतरनाक था, इसलिए मैं इतना ही देखकर वापस हो लिया और अब बाईं ओर की दूसरी गैलरी में चलने लगा। यहां बहुत-बहुत दूरी पर बिजली के बल्ब लगे थे। और बहुत अंधेरा था। फिर भी मैं बिना आवाज पैदा किए आगे बढ़ता गया। चलते-चलते एकाएक मेरे सामने एक दीवार आ गई, जो एक पत्थर की सिल से बनी हुई थी। अब मैं कहां जाऊं, क्या वापस लौट जाऊं? यह समझ में नहीं आया कि उस गैलरी का क्या लाभ था और क्यों यह यहां आकर एकदम समाप्त हो जाती थी। मैं यह सोच ही रहा था कि एकाएक पत्थर की दीवार में से 'गर्रर-गर्रर' की आवाज सुनाई दी और सिल के बीचो-बीच पत्थर के अन्दर से एक सिल पीछे हटने लगी और एक मटियाला-सा हाथ आगे बढ़ने लगा।

मैं घबराकर पीछे हट गया। एकाएक मेरी निगाह दाईं और दीवार पर पड़ी। सामने की दीवार में दरार से दाईं ओर की दीवार में भी एक पत्थर का दरवाजा दिखाई दे रहा था। मैं जल्दी से उस दरवाजे के अन्दर चला गया। थोड़ी देर बार 'गररर-गररर' की आवाज बन्द हो गई और जिस दरवाजे के अन्दर मैं प्रवेश कर चुका था उसी दरवाजे में से नीलू पीकाथा को अन्दर आते देखा। अब वह सीटी नहीं बजा रहा था, दबे पांव आ रहा था। उसके हाथ में टार्च थी। जब उसने टार्च जलाकर रोशनी की तो मैंने देखा उसकी पीठ मेरी ओर है और टार्च का प्रकाश खम्भे पर पड़ रहा है, जिसके अन्दर राबर्ट हिल मुझे दिन में ले गया था,

और जहां खम्भे के अन्दर तिजोरी खोलकर उसने मुझें नैनी देवी की असली आंख दिखाई थी।

मैं जल्दी से दरवाजे के बाहर निकल आया और चौखट की आड़ में से नीलू पीकाथा को बिजली का ताला डिफ्यूज करके तिजोरी को खोलकर उसमें हाथ डालते देखा। एकाएक उसके मुंह से हैरत की आश्चर्य की एक हल्की-सी चीख निकली। दो-तीन बार तीजोरी में हाथ फिराने के बाद जब उसने तिजोरी के अन्दर टार्च की रोशनी डाली तो मैंने देखा कि तिजोरी खाली है। नीलू ने भी यही देखा। और मैं देख रहा था कि उसके चेहरे पर बड़े ही आश्चर्य और निराशा के भाव प्रकट हो रहे हैं।

इसके आगे अधिक देखने की मैंने जरूरत महसूस नहीं की। जल्दी से उल्टे पांव लौटकर में इस दूसरी गैलरी से लौट आया और पहली गैलरी में चला आया और जीने की ओर वापस चलते हुए सरस्वती के उसी बुत के पीछे छुप गया। थोड़ी देर के बाद मैंने नीलू पीकाथा को धीमे-धीमे पगों से चलते सोच में डूबे हुए वापस आते देखा। वह मेरे पास से निकलकर जीने के ऊपर चला गया। जाते हुए वह टार्च जला-जलाकर रोशनी करता चलता था। मैं सरस्वती की मूर्ति के पीछे से निकलकर जीने से नीचे खड़ा हो गया ताकि देख सकूं कि वह ऊपर जाने का रास्ता कैसे खोलता है।

सबसे ऊपर के जीने पर पहुंचकर उसने तीन बार जीने पर जोर से पांव मारा। एकाएक ऊपरी सिल एक और को खिसक गई और वह उसमें से निकलकर ऊपर चला गया। थोड़ी देर के बाद सिल फिर अपनी जगह पर आ गई।

मैं कोई आधा घंटा सरस्वती की मूर्ति के पीछे छुपा रहा और जब मुझे यह विश्वास हो गया कि नीलू अब चला गया होगा, तो मैंने धीरे से जीना चढ़कर ऊपर के जीने पर तीन बार जोर से अपना पांव

दबा-दबाकर रखा, बिलकुल उसी प्रकार जिस प्रकार नीलू ने रखा था। पत्थर की सिल एक ओर खिसक गई। मैंने धीरे से पहले अपना सिर निकालकर चारों ओर देखा। जब बाहर के हाल में किसी को न पाया तो गड्ढ़े से बाहर निकल आया।

बाहर निकलकर मैंने बुद्ध के बुत के पांव के अंगूठे को ऊपर की ओर खींचा जो नीचे दबा हुआ था। ज्यों-ज्यों अंगूठा ऊपर आता गया, फर्श की दरार कम होती गई। जब अंगूठा दूसरे अंगूठे से दुगना ऊंचा हो गया तो दरार शेष न रही, मैं दबे पांव मन्दिर के हाल से बाहर निकल आया। बाहर दूधिया चांदनी बरस रही थी, हर चीज दूध में भीगी नजर आ रही थी। मैंने मन्दिर की चारदीवारी पर निगाह डाली और चारदीवारी के बीच अन्दर से बन्द दरवाजे पर। उससे प्रकट होता था कि नीलू बाहर नहीं गया है, किसी दूसरे मार्ग से निकल गया है, मगर यह मार्ग कौन-सा हो सकता है?

मैं हाल के पिछवाड़े गया, जिसे मैंने अब तक न देखा था।

हाल के पिछवाड़े से मिला हुआ एक छता हुआ बरामदा था, जिसके अन्त में तीन कुटियों के ढंग के कमरे थे। चट्टानों में काटकर ये कमरे बनाए गए थे। दरवाजे नये-नये लगे थे, नई लकड़ी का रंग यह बता रहा था। अन्तिम कमरे में उजाला था, मगर पहले दो कमरों में अंधेरा था।

मैंने पहले कमरे की ओर कदम बढ़ाए। चौखट पर जाकर दरवाजे को धीरे से दबाया। खयाल था अन्दर से बन्द होगा, इसलिए मुझे बड़ी हैरत हुइ, जब मैंने देखा दरवाजा अन्दर से खुल गया।

मेरे साथ-साथ चांदनी भी अन्दर आ गई।

खाट पर एक आदमी मुर्दा पड़ा था और उसकी कटी हुई गर्दन की

नस से खून बह-बहकर जमीन पर जम गया था, आंखों की खुली हुई पुतलियों और चेहरे पर बड़ा आश्चर्य अंकित था।

वह आदमी राबर्ट हिल था। इस कमरे में अधिक देर तक खड़ा रहना खतरे से खाली न था, इसलिए मैं बेआवाज कदमों से राबर्ट हिल के कमरे से निकल आया। दूसरे कमरे की ओर बड़ी सावधानी से बढ़ा। इस कमरे में भी अंधेरा था और दरवाजे पर अन्दर की कुंडी खुली थी, इसलिए जरा-से दबाव से यह दरवाजा भी खुल गया।

चांदनी की शतरंजी में मुझे खाली बिस्तर दिखाई दिया। बिस्तर की स्थिति से भान होता था कि कोई बहुत शीघ्रता से उसपर से उठा है। मेज के निकट अल्मारी का एक पट खुला था, झांकने से मालूम हुआ कि यह किसी औरत का वार्डरोब है। वार्ड के नीचे जूते बेढंगे से पड़े थे और यही हालत वार्डरोब के अन्दर टंगे हुए कपड़ों की थी। लगता था, किसी ने अपने पहनने के कपड़े घसीटकर निकाले हैं। मेंने कुछ क्षण जल्दी-जल्दी कमरे की तलाशी ली, मगर कुछ हाथ नहीं लगा। एक बुक-शेल्फ मे कुछ पुस्तकें थीं, कुछ उपन्यास, मगर अधिक पुस्तकें शारीरिक विषय पर थी। ज्ञात होता था, उस औरत को शारीरिक विषयों में बड़ी रुचि है। खोज करने के बाद भी कोई तस्वीर न मिली, जिससे कुछ अनुमान लगता, या कोई पत्र ही मिल जाता। असफल होकर कमरे के बाहर निकल आया।

धीरे-धीरे तीसरे कमरे की ओर बढ़ा, जिसके अन्दर रोशनी थी। दरवाजा अन्दर से बन्द था, मगर किसी नालायक बढ़ई ने पट बनाए थे, इसलिए बीच में एक दरार वाकी थी, जो दरवाजा बन्द होने के बाद भी ऊपर से नीचे तक खुली रहती थी, और अगर अन्दर उजाला हो तो बाहर का आदमी दरवाजे पर जाकर दरार से झांककर देख सकता था। मैंने झांका तो पंलग का एक भाग नजर आया। पलंग के पास दीवार से लगी हुई एक रायफल और आगे एक कुर्सी और एक मेज पर एक

आदमी कोहनियां टिकाए बैठा था, और बार-बार अपने सिर पर बेचैन होकर हाथ फेर लेता था, वह आदमी नीलू पीकाथा था।

इस समय इससे अधिक इससे अधिक कुछ मालूम करना मेरे लिए असम्भव था। और जो कुछ मैंने मालूम कर लिया था उस पर ध्यान देना मेरे लिए जरूरी हो गया। विशेषकर राबर्ट हिल के अचानक कत्ल के बाद वह मामला और भी उलझकर रहस्मय हो गया था।

घटनाओं और विषयों से मैंने जब परिणाम निकालने आरम्भ किए तो मैं उस समय मन्दिर के पिछवाड़े से अलग हटकर कुछ दूरी पर देवदार के एक झुंड के पास चला गया, जहां से मेरा ख़्याल था कि कोई मुझे नहीं देख सकता है। राबर्ट हिल का कत्ल किसलिए हुआ? प्रकट है नैनी देवी की उस असली बहुमूल्य आंख के लिए जो उसकी तिजोरी में थी, और उसने मुझे दिखाया था, यह कत्ल हुआ था। हो सकता है कि जिस समय वह मुझे नैनी देवी की आंख अपनी हथेली पर रखे दिखा रहा था, किसी दूसने ने भी उसे देख लिया हो। मुझे आहट-सी तो मालूम होती थी, मगर वह कौन आदमी हो सकता है?

सबसे पहले मेरा सन्देह नीलू पीकाथा की ओर गया। दक्षिणी अमेरिका का खतरनाक मिलाटू, हालांकि राबर्ट हिल का बड़ा ही वफादार और दाहिना हाथ था, मगर ऐसा आदमी भी इतनी श्रेष्ठ और बहुमूल्य वस्तु के लिए ऐसा पग उठा सकता था। हो सकता है जो गिरोह तहखाने के अन्दर मूल्यवान मूर्तियों की दीवारों ने अलग करने का काम पूरा कर रहा था, उसमें से किसी ने यह अपराध कर डाला हो। फिर वह औरत कौन थी, जो अपने कमरे से गायब थी, हो सकता है उसने कत्ल किया हो। फिर मेरे मस्तिक में हर्ष से सीटी बजाते हुए नीलू की तस्वीर आई। जब वह चाकू के फल पर हर्ष में हाथ फैरते हुए उसे बन्द कर रहा था। उसके चेहरे पर जो राक्षसी हर्ष मैंने देखा था, वह किसी ऐसे ही कत्ल

का परिणाम हो सकता हैं इस कत्ल के बाद उसकी वह परेशानी भी मैंने देखी थी, जब उसने तिजोरी खोली और उसे खाली पाया था।

क्या कोई और भी नैनी देवी की असली आंख और छुपी हुई तिजोरी और बिजली के ताले के कोड से परिचित था, जिसने वह कीमती आंख तिजोरी से उड़ा ली थी? मेरे मस्तिक में अपने कमरे में बैठे हुए, सिर पर बार-बार परेशानी से हाथ फेरते हुए नीलू पीकाथा की तस्वीर आई। उस चेहरे का आश्चर्य, अचम्भा, बेचैनी, उदासी और निराशा–जैसे बहुमूल्य वस्तु उसके हाथ से निकल गई हो, जिसके लिए उसने हिल को कत्ल कर दिया था। हिल को कत्ल करने और तिजोरी को खोलने के बीच के समय में कोई दूसरा ही उस नीलमी आंख को ले उड़ा था, मगर कौन? शायद वही औरत, मगर वह औरत कौन थी?

हो सकता है, यह कत्ल नीलू ने न किया हो, उसी औरत ने किया हो, और जब नीलू ने राबर्ट हिल को मुर्दा देखा तो उसने सबसे पहले तिजोरी पर हाथ साफ करने की कोशिश की, मगर वह औरत उससे पहले तिजोरी खोलकर वह बहुमूल्य आंख अपने कब्जे में कर चुकी थी। यह भी सम्भव है कि अन्दरूनी तहखाने में मूर्तियों पर काम करने वालों में से किसीने यह कत्ल किया हो, उसी औरत के संकेत पर। हो सकता है वह आदमी उस औरत का प्रेमी रहा हो। आखिरी अवसर पर उसे औरत ने धोखा दे दिया हो, या उसे भी कत्ल कर दिया हो। उस सूरत में अन्दर के तहखाने के किसी कमरे में राबर्ट हिल के अतिरिक्त किसी दूसरे आदमी की भी लाश होगी।

यह भी हो सकता है कि वह औरत अपने प्रेमी के साथ भाग गई हो नैनी देवी की आंख लेकर। इस सूरत में उन्हें गए हुए अधिक समय न हुआ होगा। घटना से ज्ञात होता है कि राबर्ट हिल का कत्ल एक

घण्टे या डेढ़ घण्टे के अन्दर ही हुआ होगा, और इस सूरत में वह औरत अभी इस जंगल में अधिक दूर नहीं गई होगी। सम्भव है उसे पकड़ लिया जाए, अगर कोशिश की जाए, अगर तेज-तेज कदमों से उसका पीछा किया जाए।

मैं अभी इसी तरह सोच रहा था पीछा करूं या न करूं कि इतने में एक नाल की भांति कोई चीज मेरी पीठ से चुभती-सी लगी और कन्धे पर एक जोर का हाथ पड़ा। रायफल की नाल का आभास पाते ही मैंने दोनों हाथ उठा दिए, और धीरे-धीरे चुपचाप मुड़ा।

मेरे सामने लक्ष्मी खड़ी थी, और उसके हाथ में एक सोटी थी।

कुछ क्षण तो मुझे अत्यन्त बेचैनी और अचम्भे की हालत से निकलकर धैर्य और ठीक हालत में आने में लगे, फिर जब हवास ठिकाने पर आ गए, तो मैंने धीरे से पूछा, "यह क्या बेवकूफी है।"

वह बोली, "और तुम यहां क्या बेवकूफी कर रहे हो?"

मैं चुप रहा।

वह बोली, "मुझे छोड़कर चोरों की तरह यहां क्यों चले आए?"

मैंने होठों पर उंगली रखकर कहा, "धीरे बोलो, बल्कि तत्काल मेरे साथ यहां से चल दो।"

"कहा?"

"मेरे साथ आओ, बताता हूं।"

"नहीं, पहले बताओ।"

"हठ मत करो, मेरे साथ आओ, वरना शिकार हाथ से निकल जाएगा।" वह एक अजीब अदा से सिर हिलाकर मेरे साथ चल दी।

कुछ दूर जंगल के अन्दर जाकर बोली, "कहां चलना है?"

"तुम चली तो आओ।"

वह बोली, "मैं तुमसे अधिक इस जंगल को जानती हूं, अगर जगह बता दोगे तो मैं तुम्हे किसी छोटे रास्ते से ले चलूंगी।"

मैंने कहा, "वही जगह, देवदारों से घिरा हुआ कुंज, घास का एक लम्बा बड़ा-सा स्थान, जहां, जहां उस दिन..."

उसने शर्माकर मुंह फेर लिया।

फिर मेरे आगे बढ़कर चलते हुए बोली, "तुम मेरे पीछे-पीछे आओ।" वह एक टीले पर चढ़ने लगी, मैं उसके पीछे-पीछे चलने लगा। टीले के ऊपर चढ़कर हम दम लेने के लिए रुके।

वह बोली, "यह लो, तुम्हारी पिस्तौल ले आई थी।"

उसने पिस्तौल मेरे हाथों में थमा दी, मैंने मुस्कराकर धन्यवाद दिया। वह बोली, "कौन-सा शिकार है वह?"

मैंने कहा, "एक लड़की है शायद?"

उसकी भवें तन गई, क्रोध से बोली, "तो जाओ, स्वयं खोज करो, उस मालजादी को, अपनी प्रेमिका को।"

मैंने हंसकर कहा, "वह मेरी प्रेमिका नहीं है, मेरी दुश्मन है, अगर वह मुझे मिल जाए, मुझे मिल जाए..." दांत पीसकर मैं रुक गया।

जब उसने मेरे चेहरे पर क्रोध के चिन्ह देखे तो उसे कुछ धीरज-सा हुआ। वह तेज-तेज कदमों से आगे बढ़ने लगी, बोली, "तुम्हें कैसे पता है कि वह वहीं होगी, क्या तुम भी उससे वहीं मिले थे?"

एकाएक उसकी आंखे लाल हो गई।

मैंने कहा, ''नहीं, मैंने जो आज तक उस औरत को देखा नहीं है।''

''तो क्या उसकी तस्वीर देखी है?''

''नहीं तस्वीर नहीं देखी है।''

''तो किसी से उसका जिक्र सुना है?''

''नहीं, जिक्र भी नहीं सुना है।''

वह चलते-चलते रुक गई, दोनों कूल्हों पर हाथ रखकर बोली, ''तो फिर तुम कैसे जानते हो कि वह एक औरत है, और उधर ही को गई है?''

मैंने कहा, ''इस समय तुम ज्यादा मत पूछो। वह उधर ही गई है जिधर से तुम मुझे मन्दिर की ओर लाई थीं। वही रास्ता साफ-सुथरा और अच्छा है। वह उसी रास्ते से गई होगी, वही रास्ता नीचे बाजार को जाता है।''

वह चुप हो गई। हम दोनों साथ-साथ पग से पग मिलाकर चलते हुए कोई आध घण्टे के बाद उस कुंज के पास आन पहुंचे, उस पत्थर की चट्टान के पास, जहां से राबर्ट हिल ने मुझे धक्का दिया था। चट्टान पर उगी हुई घास मुझे मसली हुई दिखाई दी।

''कोई यहां आया था, बैठा भी था।''

एकाएक मेरी निगाह चट्टान के नीचे कागज के टुकड़े पर गई। मैंने उसे झुककर उठा लिया। चाकलेट का एक कार्टन था किरमिजी रंग का, मेरे हाथ में सरसराने लगा।

''यहां बैठकर उसने चाकलेट खाया था। जरूर किसीका इन्तजार किया होगा वरना यहां बैठने की जरूरत क्या थी?'' मैंने धीरे से कहा।

''चाकलेट क्या होता है?'' लक्ष्मी बोली।

मैंने कहा, ''जब मेरे साथ नैनीताल चलोगी तो बता दूंगा।''

वह चुप हो गई। मैंने उससे कहा, ''तुम यही बेफिक्री से बैठी रहो, चुपचाप। मैं कुंज के अन्दर देखकर आता हूं।''

''नहीं।'' वह मजबूती से सिर हिलाकर बोली, ''अब मैं तुम्हें कहीं अकेला न जाने दूंगी। कुंज में कोई खतरा भी हो सकता है, तो खतरे का सामना सबसे पहले मैं करूंगी।''

''वह क्यों?''

''तुम मेरे मालिक जो ठहरे।''

''आजकल ऐसे सेवक कहां मिलते हैं?'' मैंने मुस्कराकर धीरे से कहा। वह मेरे पास आ गई। मैंने उसे चूम लिया, हालांकि कोई अवसर न था, मगर मुझे उसकी यह अदा पसन्द आई और कुछ यह भी ख्याल था कि शिकार हाथ से निकल चुका है।

कुंज के अन्दर जाकर मैंने घास के मैदान को चारों ओर देखा, फिर इधर-उधर घास के मैदान के चारों ओर घूमा।

एकाएक मेरे नथुनों में एक अजीब-सी बास आई।

पेट्रोल की बास : हाई आक्टीन की बास, जो चारों ओर फैली हुई थी। मैंने पेड़ों के ऊपर दूर आकाश की ओर देखा।

आकाश साफ-स्वच्छ या, चांदनी सफेद दूध में धुली हुई। मैंने सर नीचा कर लिया, मेरे नथुनों में फिर वही पेट्रोल की बास आई। मैं सर नीचा किए ध्यानपूर्वक घास के मैदान में जगह-जगह देखने लगा। एक जगह पर मुझे वे चिन्ह मिल गए, जिनकी मुझे तलाश थी। दबी-दबी

घास, यहां पर कम थी, और गीली मिट्टी में पहियों के चिन्ह थे।

"क्या रात-भर इसी कुंज में चक्कर लगाते रहोगे?" लक्ष्मी बोली।

"नहीं, अब चलते हैं।" मैंने सिर हिलाकर कहा।

"कहां चलना है, नीचे बाजार की ओर?"

"नहीं, वापस तुम्हारे घर। वह लड़की तो अब दूर चा चुकी है, मैं उसे पकड़ नहीं सकता।"

लक्ष्मी के चेहरे पर बड़े धैर्य, चैन और हर्ष की लहरें दौड़ गई। उसका चेहरा खिल उठा।

"छोड़ो साली को, चलो घर चलकर आराम से सोएं।" वह मेरी ओर तीखी नजरों से देख रही थी।

दरवाजा भी तो बन्द करना याद न रहा था, चांदनी बेधड़क अन्दर आ रही थी, मैंने लक्ष्मी के शरीर को देखा, चांदनी में नहाया हुआ शरीर, अंग-अंग से सौन्दर्य फूट रहा था और बाल कूल्हों से भी नीचे फैल गए थे, पूरा शरीर लग रहा था जैसे कांच का बना था, मैंने कहा, "तुम बहुत सुन्दर हो।"

वह बोली, "और तुम बिलकुल भालू लगते हो, मेरे भालू।"

वह खिलखिलाकर हंस पड़ी। मैंने कहा, "दरवाज़ा तो बन्द कर लें।"

"नहीं खुला रहने दो," वह बोली "अंधेरे में कुछ दिखाई नहीं देता।"

"क्या' देखना चाहती हो?"

"तुमको, जैसे तुम हो, जैसे मैं हूं।" वह शर्मा गई।

मैंने पूछा, "तुम रेशम, की भांति कोमल क्यों हो? मैंने उंगलियों के एक नाखून से उसकी गर्दन की गोलाई को छूआ।

"ओ...मक्खन की तरह नर्म!"

मेरे हाथ चांदनी की नाई उसकी त्वचा पर जाने लगे। उसकी सांस जोर-जोर से चलने लगी, वह जोर चलने लगी, वह जोर-जोर से लिपटने लगी, जैसे मेरे अन्दर विघल जाना चाहती हो। उसकी आंखें बन्द होने लगीं : वासनात्मक भावनाओं से वह मदहोश होने लगी।

मैंने कहा, "मैं कल नैनीताल जाऊंगा।"

उसने भरे गले से कहा' "कितने दिनों के लिए?"

"कह नहीं सकता।"

कुछ क्षणों की निस्तब्धता के बाद बोली, "मैं भी चलूंगी।

"तुम क्या करोगी जाकर?"

"और तुम क्या करोगे?"

"मुझे कुछ जरूरी काम है।"

"नहीं, मैं तुम्हें जाने नहीं दूंगी, पुलिस वाले तुम्हें पकड़ लेंगे।" उसका सारा बदन हवा की जुबान पर पाए हुए पत्ते की भांति कांपा।

"मुझे एक जरूरी काम से जाना ही होगा—रहा पुलिस का डर, तो उसका कोई खतरा नहीं है।"

"कैसे खतरा नहीं है?"

"मैं सावधान रहूंगा।"

"जगह-जगह तुम्हारी तस्वीर के विज्ञापन लगे हैं, तुम बच नहीं सकते... यहीं रहो मेरे घर में, मेरा मालिक!"

वह निरुत्तर हो गई। कुछ क्षणों चुप रहने के बाद बोली' "यह ठीक कहते हो तुम। मुझे बापू से डर लगता है' उसकी आंख में लालच देखती हूं। मगर मैं तुम्हारें साथ चलूंगी, तुम्हारे साथ मरूंगी।"

उसकी आंखों मे आंसू आने लगे।

मैंने पूछा, "इससे पहले तुम कभी नैनीताल गई हो?"

"हां, कई बार गई हूं लकड़ियों का बोझा लेकर।"

"वहां कभी ठहरी भी हो?"

"हां वहां मेरी मौसेरी बहन रहती है। उसका घरवाला किसी बड़े साहब के घर की रसोई सम्भालता है, मैं वहां रह सकती हूं।"

"तो ठीक हैं। "मैने उससे कहा, तुम वहीं रुक जाना, मगर मैं तुम्हारे संग नहीं रह सकता।"

"वह तो ठीक है, तुम रहोगे तो वह भी पूछेगी, यह कौन है। फिर तुम किस जगह रहोंगे?"

"यह मैं तुम्हें नैनीताल जाकर बता दूंगा।"

"तो कल सुबह ही चल देंगे।"

"सुबह तो नहीं जा सकते, मुझे कल शाम किसीसे मिलना है, जंगल में।"

"उसी कुंज में?" लक्ष्मी ने जलकर पूछा, "किसी दूसरी स्त्री के संग?"

उसकी आवाज में बड़ी कड़वाहट थी।

"मैंने कहा, नहीं, वह कोई औरत नहीं है, वह एक मर्द है।"

"मुझे कैसे विश्वास आए।"

"मुझ पर विश्वास करो।"

"तो शाम को चलोगे नैनीताल, मैं सारी तैयारी कर लूं?"

"हां।"

वह बहुत देर तक चुप रही, जैसे कुछ सोच रही हो, फिर धीरे से रुक-रुककर बोली, "पर मेरा ख्याल तो यह है कि कल सुबह यहां से चल देना चाहिए। मैं बहुत उठते ही खाना-वाना सब पका लूंगी, और ज्यों ही बापू खेतों में जाएंगे, या नीचे बाजार में, हम दोनों यहां से चल देंगे।"

"बापू को नही बताओगी?"

"बताऊंगी तो उन्हें सन्देह हो जाएगा, कि ये दोनों निकल भागना चाहते है। और मेरा कुछ ऐसा भी ख्याल है कि कल सुबह वे नीचे बाजार जाकर पुलिस को बुला लाएंगे और तुम्हे पकड़ा देगे, इसलिए कल सुबह यहां से चल देना अच्छा रहेगा।"

"अच्छा है।" मैंने उसकी समझदारी की दिल ही दिल सराहना की। कल सुबह ही घर से निकल चलेंगे, बापू के आने के बाद, और दिन-भर जंगल में घूमेंगे। तुम खाना तैयार कर लेना हम लोग दिन-भर जंगल में पिकनिक मनाएंगे।"

"पिकनिक क्या होती है?" मैं जोर से हंसा।

"यह कल बताऊंगा, जंगल में...मैंने उसे गहरी नजरों से देखा। उसने मेरा मतलब समझकर हर्ष से अपना चेहरा मेरी बांहो में छुपा

लिया। मैंने कहा, "तुम्हें इससे यह भी मालूम हो जाएगा कि कल शाम मैं जिससे मिलने वाला हूं, वह कोई औरत नहीं, मर्द है।"

"क्या तुमने उसे शाम का समय दे रखा है?" लक्ष्मी ने पूछा।

मैंने सोचते हुए धीरे से कहा, "नहीं लक्ष्मी, जिस आदमी को मैंने समय दिया था शाम का, वह तो अब नहीं आएगा, लेकिन उसकी जगह कोई दूसरा ज़रूर आएगा।"

दूसरे दिन पौ फटते ही हम दोनों घर से निकल गए। लक्ष्मी का बाप अभी सो रहा था। अभी भली प्रकार सूर्य की किरणें बिखरी न थीं, वायु में एक अद्भुत ताजगी और शीतलता थी और लक्ष्मी के गाल फूलों की भांति खिले हुए थे। निगाहों में चंचलता और बेचैनी झलकती थी, शायद नैनीताल जाने की खुशी, या शायद मेरे साथ जाने के हर्ष में। सुबह का खाना तैयार करके साथ ले जाने की स्कीम हमने रद्द कर दी थी, वरना लक्ष्मी के बाप को शुबह हो जाता। इसलिए उसके जागने से पहले ही हम घर से निकल लिए, मगर लक्ष्मी ने पशुघर से दूध की एक मटकी दुहकर भर ली थी। अब रास्ते में उसीसे पेट भर लिया जाएगा।

मगर दोपहर से पहले ही हम दोनों की भूख चमक उठी, इसलिए जंगल का रास्ता छोड़कर हमने पश्चिम का रास्ता पकड़ा और एक पहाड़ी गांव के अकेले-से घर में एक रुपया देकर उसके यहां खाना खाया। बुढ़िया ने हम दोनों को पति-पत्नी समझा और पूछने पर लक्ष्मी ने बताया भी। यही बताते समय वह फिर खिल पड़ी।

तीसरे पहर तक हमने उसी गांव में आराम किया, बुढ़िया के घर। फिर वहां से चल दिए और घाटी चढ़कर वापस जंगल में आ गए और संध्या होते-होते कुंज के निकट पहुंच गए। मैंने लक्ष्मी को कुंज से जरा

दूर मगर ऐसी जगह बिठा दिया जहां से वह मुझे अच्छी तरह से देख सकती थी।

उसे वहां बिठाकर मैं कुंज पहुंच गया। पहले तो टहलता रहा, फिर उसी चट्टान पर बैठ गया और इन्तजार करने लगा।

कोई एक घंटे के बाद नीलू उस कुंज में प्रकट हुआ। मेरा विचार ठीक सिद्ध हुआ, मैंने उसके बारे में सोच रखा था कि कायदे से उसी को आना चाहिए। आदमी बड़ा खतरनाक था, मगर मेरे पक्ष में यह बात आती थी कि मुझे यह मालूम था कि राबर्ट हिल का कत्ल हो चुका है, और वह नहीं जानता था कि मैं इस बात को जानता हूं।

नीलू को देखकर मैंने आश्चर्य से कहा, ''राबर्ट हिल ने तो स्वंय आने का वायदा किया था, मैं उसीका इंतजार कर रहा था।''

''उसे एक जरूरी काम पड़ गया।'' वह उत्सुकता से बोला, ''इसलिए वह नहीं आ सका।''

''तो फिर?'' मैंने कुछ निराशा प्रकट की।

''उसने मुझे सब समझा दिया है, मैं तुम्हारे साथ नैनीताल चलने को तैयार हूं।'' नीलू बोला, ''और नैनीताल से रानीखेत, जहां तुमने वह नीलमी आंख छुपा रखी है।''

''मुझे कैसे विश्वास हो कि तुम ही राबर्ट हिल के भेजे हुए आदमी हो।'' मैंने जरा टोह लेने की खातिर पूछा, हालांकि दिल में मैंने फैसला कर लिया था कि उसे साथ ले जाऊंगा।

''उसका सबसे बड़ा सबूत यह है कि वह सब बातें जो तुमने राबर्ट हिल से अकेले में की थी, मैं जानता हूं। मुझे राबर्ट हिल से सब बता दिया है। अगर चाहों तो मैं उन्हें दोहरा सकता हूं।''

मैंने हां में सर हिलाया। नीलू पीकाथा ने मेरी हठ पर मेरे और राबर्ट हिल के बीच जो बातें हुई थीं, उन्हें शब्दशः दोहराया। इससे मुझे पूर्ण विश्वास हो गया कि हमारी बातों के बीच वह पीछे छुपकर सुनता रहा है और हिल का कातिल भी वही है।

मैंने कहा, "पुलिस मेरे पीछे है, हम दोनों का इकट्ठे जाना खतरनाक है।"

"यह मैं समझता हूं।" नीलू बोला।

"जो एजेंट गद्दार निकल आता है उसकी सजा मौत होती है, शायद तुम भी जानते हो।" मैंने कहा।

"हां, मैं जानता हूं।" नीलू बोला, "अब तुम्हारी वापसी की सारी राहें बंद हो चुकी हैं, अब तुम्हारे पास इसके सिवा और कोई चारा नहीं है कि तुम हमारे गैंग में सम्मिलित हो जाओ।"

"मगर एक मार्ग अब भी मेरे पास है, सबसे आसान मार्ग।" मैंने उसे जताया, नैनी देवी की नीलमी आंख, जब तक मैं उसे तुम्हें न दे दूं, तुम्हारी गैंग से बाहर हूं।"

"तीस लाख पर तुम्हारा सौदा हुआ था, वह मुझे... राबर्ट हिल को स्वीकार है।"

"मगर जिस समय वह नीलमी आंख तुम्हारे हवाले कर दूंगा, मेरे पास कुछ नहीं रह जाता; तुम बड़ी आसानी से मुझे रुपये देने से इन्कार कर सकते हो, बल्कि मुझे ठिकाने भी लगा सकते हो।"

नीलू के चेहरे पर तरंगी पुतलियां कांपी, फिर वह धीरे से अपने पतले बारीक होंठों पर एक मुस्कान लाया, और इस मुस्कान को लाने में उसे कैसी पीड़ा हुई होगी, यह मैं समझ रहा था। नीलू ने बड़ी नम्रता

से कहा, ''यह कि हम तुम पर कितना भरोसा करते हैं, तुम्हे नैनीताल पहुंचकर मालूम हो जाएगा। मैं वहां पहुंचकर तुम्हें दस लाख एडवांस दे दूंगा। शेष रकम उस समय चुका दी जाएगी जिस समय तुम वह नीलमी आंख मेरे हवाले कर दोगे।''

''मुझे स्वीकार है।''

उसने अपना हाथ आगे बढ़ाया, हम दोनों ने जोर से हाथ मिलाया : उसके हाथ मिलाने में फौलाद की-सी मजबूती थी।

फिर नीलू ने पूछा, ''अगर हम दोनों अलग-अलग जाएंगे, तो नैनीताल में कहां मिलेंगे?''

''होटल मेट्रोपोल।'' मैंने कहा।

वह बोला, ''मेरे खयाल से होटल मेट्रोपोल से होटल नार्थ क्लब अच्छा रहेगा। उसके हर कमरे में दो-दो दरवाजे है। एक सामने को खुलता है, दूसरा पीछे को बाथरूम से बाहर लकड़ी की एक गैलरी में जाता है।''

''ठीक है, वहीं आकर तुमसे मिलूंगा।''

''कमरा नम्बर सात याद रखना, आज रात को डिनर के बाद कमरा नम्बर सात में।''

''यह तो असंभव बात है।'' मैंने उससे कहा, ''आज रात तक तो मैं बड़ी मुश्किल से पहुंच सकूंगा, क्योंकि पुलिस चारों ओर मुझे ढूंढ रही है। मगर कल लंच के बाद तुमसे होटल नार्थ क्लब में कमरा नम्बर सात में आकर मिलता हूं।''

''ठीक है।'' नीलू ने मुझसे हाथ मिलाया, और बोला, ''मगर मैं

तो आज ही पहुंच जाता हूं, तुम्हारे एडवांस का प्रबन्ध करके रखता हूं।''

उसने फिर मुझसे बड़ी मजबूती से हाथ मिलाया और वापस मंदिर की ओर चला गया। मेरे लिए भी अब इस स्थान पर और ठहरना व्यर्थ था, और मन्दिर के अन्दर जाकर और कुछ मालूम करने की इच्छा भी खतरे से खाली न थी। अब नैनीताल चल देना चाहिए। सुबह बापू ने जिस दम पर मुझे और लक्ष्मी को गायब पाया होगा उसने उसी समय पुलिस में रिर्पोट कर दी होगी।

मेरे लिए यह भी जरूरी कि पुलिस के हाथ न लगूं, इसलिए मैंने भेस बदलने की तरकीब भी सोच ली थी और यह तरकीब लक्ष्मी ने मुझे बताई थी। लक्ष्मी अब बहुत समझदार होती जा रही थी। प्रातःकाल घर से निकलने से पहले उसने अपने बापू का एक देहाती ड्रेस छोटी-सी पोटली में बांध लिया था।

नीलू के जाने के बाद मैंने उस ड्रेस को पहन लिया। सुबह के दो-ढाई घंटे हमने सूखी लकड़ियां जंगल में इकट्ठी करने में लगाए थे, और एक जगह पर उन लकड़ियों के दो गट्ठें जंगल में छुपाकर रख दिए थे। अब हम दोनों देहाती मालूम पड़ रहे थे जब लकड़ियों का गट्ठा मैंने उठा लिया तो कोई मेरा चेहरा भी न देख सकता था। मेरे पीछे-पीछे कभी साथ-साथ कभी आगे लक्ष्मी लकड़ियों का दूसरा गट्ठा उठाए हुए चल रही थी और हम दोनों नैनीताल सड़क पर जा रहे थे।

रास्ते में बहुत-से पुलिस के आदमी मिले मगर किसी ने हमसे कुछ नहीं पूछा। फिर एक जगह हम पक्की सड़क छोड़कर जंगल की घाटियों में हो लिए और घाटी-घाटी चलते हुए दोनों लक्ष्मी की मौसेरी बहन के घर पहुंच गए। वहां पहुंचकर कुछ देर सुस्ता लिया, चाय पी। लक्ष्मी ने

बताया कि उसकी शादी की बातचीत मुझसे चल रही है, बापू चला रहे हैं, इस लड़के को किसी काम से नैनीताल आना था और मुझे तुम्हें देखने को आना था, इसलिए इकट्ठे आ गए।

उसकी मौसेरी बहन ने मुझे ध्यान से देखा और शायद पसंद कर लिया। चाय पीकर लकड़ी का गट्ठा मैंने फिर से सिर पर उठा लिया और लक्ष्मी से बोला, "मैं कल आके तुमसे मिलूंगा।"

"रात को कहां रहोगे?" लक्ष्मी बोली, "रह जाओ न यहां!"

"नहीं।" मैंने कहा, "जो लोग मुझसे लकड़ी लेते हैं, उन्हीं के बंगले के एक क्वार्टर में मुझे रात को सोने के लिए जगह मिल जाएगी। जब तक तुम्हारी-मेरी शादी न हो जाए, हम दोनों का एक ही घर में रहना ठीक नहीं है।"

मौसेरी बहन ने सिर हिलाकर कहा, "लड़का सच कहता है, बहुत शरीफ है।" अपनी शराफत का सिक्का जमाकर मैं लकड़ी का गट्ठा उठाकर वहां से चल दिया। झील के किनारे-किनारे चलता हुआ नैनीदेवी के छोटे मन्दिर के पास से निकलता हुआ, घोड़ों के रास्ते में गुजरता हुआ, मेट्रोपोल होटल के निकट से चढ़ाई चढ़ता हुआ राक कासिल नाम के बंगले में पहुंच गया। लम्बी सलाखों का लोहे का फाटक खोलकर सीधे बंगले के पोर्टिको में चला गया, सिर पर लकड़ी का गट्ठा उठाए हुए।

पोर्टिको से मिले हुए बरामदे में एक बैरा मेज पर से चाय से बरतन उठा रहा था, मैंने उससे कहा, "लकड़ियां लाया हूं।"

"क्या लोगे?"

"दस रुपये।"

"पागल हुए हो, लकड़ी के इस गठ्ठे के दस रुपये कौन देगा, अधिक से अधिक डेढ़-दो रुपये मिलेंगे।"

"मैं दस रुपये लूंगा।" मैंने कहा।

वह चिढ़ते हुए बोला, "तुम मुझे कोई सौदाई मालूम देते हो, लकड़ी के दस रुपये तुम्हें कोई नहीं देगा।"

"मगर मैं तो लूंगा।"

"तो जहां से मिल जाएं वहां जाकर बेच लो।"

"मगर मैं तो तुम्हीं से लूंगा।" मैंने उससे कहा।

"अजीब बावले से पाला पड़ा है" बैरा बोला, फिर मेरी ओर क्रोध-भरी निगाह से देखने लगा, बोला, जाते हो कि चौकीदार को बुलाकर धक्के देकर निकलवा दूं?"

मैंने कहा, "मुझसे किशोर साहब ने कहा था, दस रुपये एक गट्ठे के देगे, अगर झूठ समझते हो तो आमना-सामना करा दो।"

"कुंवर साहब ने कहा था?" बैरा आश्चर्य से बोला।

"हां।"

"मैं जाकर पूछता हूं। तुमसे खुद कहा था?"

"हां, मुझसे खुद कहा था।"

बैरा अन्दर गया। कुछ क्षणों के बाद कुंवर अमरराजसिंह ड्राइंग रूम से बाहर आए। हाथ में ह्विस्की का गिलास था, मेरी ओर देखकर क्रोध से चिल्लाकर बोले, "क्यों वे लकड़हारे! मैंने कब कहा था कि...

मगर मैंने उनका वाक्य पूरा नहीं होने दिया, उससे पहले लकड़ी के गठ्ठे को पोर्टिको में गिराकर चुपचाप अपने देहाती लिबास में उनके सामने खड़ा हो गया।

पहले कुछ क्षणों तो वे आंखें झपकाकर मुझें आश्चर्य से देखते रहे, आश्चर्य और क्रोध से; लेकिन जब मुझे पहचान लिया तो लहजा बदलकर बैरे से बोले, "अरे, यह तो वह है।"

"वह कौन साहब?" बैरे ने पूछा।

"यह पहाड़ी गीत बहुत अच्छा गाता है। वह लकड़हारा, हां, हमने इससे वायदा किया था कि अगर हमारे बंगले में लकड़ियां लाएगा और गीत सुनाएगा तो इसे दस रुपये देंगे।"

बैरा सन्देह-भरी निगाहों से मेरी ओर देखता रह गया।

"तुम ऐसा करो," कुंवर अमरराजसिंह बोले, इससे यह लकड़ियों का गट्ठा ले लो, इसे दस रुपये दे दो और रात-भर के लिए किसी नौकर के क्वार्टर में जगह दे दो। थोड़ी देर के बाद इसे मेरे पास भेज दो, और राजू से कहो, हमारे बेडरूम में टेप रिकार्डर रख दे। हम इसका गाना टेप करेंगे, रिकार्ड करेंगे।"

रात को मैं कुंवर अमरराजसिंह के बेडरूम में था। कुंवर ने रात को पहनने के लिए सोने वाले कपड़े दे दिए थे। बाथरूम में अच्छी तरह से नहाधोकर, साफ-सुथरे कपड़े पहनकर, मैं फिर इंसान बन गया, अब मेरे हाथ में ह्विस्की का जाम था और हम दोनों बड़ी भली प्रकार से बातें कर रहे थे।

"तो चाल सफल रही?" कुंवर अमरराजसिंह बोले।

"हां, गैंग वालों ने, बल्कि कमाल तो यह है कि लोकल पुलिस वालों

ने भी यही समझा कि मैं अदालत से इंस्पेक्टर पुलिस पर गोली चलाकर भागा हूं, और तब से बराबर मेरी खोज में है।"

"यह खोज अभी कुछ दिन और होती रहेगी मगर भली प्रकार पुलिस के अफसरों को सावधान कर दिया गया है कि तुम्हें न पकड़े।"

"और मजिस्ट्रेट?"

"मजिस्ट्रेट ज्वालासहाय को हमने पहले ही से रहस्य में सम्मिलित कर लिया था।"

"और वह जख्मी पुलिस इंस्पेक्टर?" मैंने पूछा।

"खाली कारतूस था, उसे हाथ पर ज़्यादा चोट नहीं आई मगर हमने उसे अभी तक अस्पताल ही में रखा है।"

"बहुत खूब।" मैंने कहा।

"अब तुम बताओ, तुमने क्या तीर मारा?" कुंवर अमरराजसिंह लगभग व्यंग्यात्मक लहजे में बोला।

मैंने कहा, "मैं हेमन्तसिंह से बात करना चाहता हूं, तुम्हारे सामने बात करूंगा, तो सारी बाते तुम्हारे सामने आ जाएंगी।"

"ओ.के.।" कहकर कुंवर अमरराजसिंह ने टेप रिकार्डर खोला, जो वास्तव में खुफिया वायरलैस ट्रांसमीटर था।

थोड़ी देर के बाद उधर से हेमन्तसिंह की आवाज आई :

"हैलो गद्दार!"

"हैलो बॉस!"

हेमन्तसिंह ने हंसकर पूछा, "चाल सफल रही?"

"शत प्रतिशत बॉस।"

"किस प्रकार?"

मैंने कहा, "मेरा भरी अदालत में गोली चलाना, पुलिस के विज्ञापन, अभियुक्त को पकड़ने के लिए पांच हजार का पुरस्कार, पुलिस का चारों ओर घेरा, मेरा भाग जाना, सबने मिलकर मुझे उनकी निगाहों में विश्वास पात्र बना दिया है। दुश्मनों से मेरा नाता जुड़ चुका है। इस गैंग के दो हेड कवार्टर हैं, एक नैनीताल के निकट जंगल में, जिसका हमें बिलकुल पता न था और अब उसका पता बिलकुल संयोग से हुआ है।"

"विस्तारपूर्वक बताओ।"

मैंने समस्त घटनाओं की पूरी कहानी सुनाई।

सब घटनाएं सुनने के बाद हेमन्तसिंह ने कहा, "तो अब तुम नीलू के साथ रानीखेत जाओगे?"

"किसके साथ जाऊंगा यह तो कह नहीं सकता, क्योंकि राबर्ट हिल ने मुझे जो कोड वर्ड दिया था, उस कोड वर्ड को जानने वाला आदमी अवश्य ही नीलू के अतिरिक्त कोई दूसरा नहीं है। वह स्वंय हमें नैनीताल में मिलेगा, उससे मिलना भी जरूरी है, सम्भव है उससे और रहस्य प्राप्त हो।"

"नीलू से बचकर रहना, बहुत खतरनाक आदमी है।"

"मगर बॉस, मुझे तो नीलू से भी खतरनाक वह आदमी मालूम पड़ता है, जिसने नीलू को भी धोखा दे दिया और नीलमी आंख ले उड़ा।" हेमन्तसिंह कुछ देर चुप रहा, फिर बोला, हो सकता है वह एक के बजाय दो गैंग काम कर रहो हो।"

"हो सकता है इस गैंग के दो भाग हो गए हों।" मैंने कहा।

"राबर्ट हिल की मौत के बाद विषय रुचिकर होता जा रहा है।" हेमन्तसिंह कुछ देर चुप रहा, फिर बोला, हो सकता है एक के बजाय दो गैंग काम कर रहे हों।"

"हो सकता है इस गैंग के दो भाग हो गए हों।" मैंने कहा।

"राबर्ट हिल की मौत के बाद विषय रुचिकर होता जा रहा है।"

हेमन्तसिंह ने उधर से बहुत देर चुप रहने के बाद कहा। फिर पूछा, "तुम्हारा क्या ख्याल है, ये लोग मन्दिर से पत्थर की इतनी भारी मूर्ति कैसे ले जाते होंगे?"

"मैंने विचार किया है बॉस, जंगल में कुछ ढलवानें ऐसी है जिन पर बड़ी अच्छी तरह जीप चल सकती है।" फिर मैंने हेमन्तसिंह को उस जंगली कुंज के विषय में बताया, जहां मुझे पेट्रोल की बास आई थी और रबड़ के पहियों के चिन्ह देते थे।

"हो सकता है, तुम्हारा अनुमान ठीक भी हो सकता है, और गलत थी।" हेमन्तसिंह बोला, "वे लोग लकड़ी के खोखों में मूर्तियां बन्द करके पहले जीप और बाद में लारी द्वारा...।" हेमन्तसिंह चुप हो गया।

फिर उसने पूछा, "उन्हें कोई शुबहा तो नहीं है?"

"इसकी इस समय कोई गुंजाइश नहीं है, मैं बड़ी ही सावधानी से चल रहा हूं।"

हेमन्तसिंह बोला, "तुम्हारी सहायता के लिए अमरराजसिंह जो मौजूद है, वे तुमसे रानीखेत में मिलेंगे, लेकिन अगर तुम्हें और आदिमयों की जरूरत हो तो रानीखेत से सूचना भिजवा देना।"

"बहुत अच्छा।"

"अरे तुम्हारे प्रेम का क्या हाल है?" हेमन्तसिंह की आवाज में मजाक सम्मिलित होने लगा, "सुना है तुम नैनीताल में लकड़हारे के भेस में एक सुन्दर देहाती लड़की के संग आते देखे गए।"

मैं चौंक गया हेमन्तसिंह का सूचना विभाग कितना मजबूत और ठोस है।

"क्या नाम है उस लड़की का?"

"लक्ष्मी।" मैंने धीरे से कहा।

कुंवर अमरराजसिंह मुस्कराने लगा।

"वह कुछ जानती है?"

"बस यही कि मैं पुलिस से भाग रहा हूं।"

"देखो, ज़्यादा मत रीझना।" हेमन्तसिंह ने मुझे सलाह दी, "वरना मैं मे से कह दूंगा, ओर वह तुम्हारी बोटी-बोटी काट डालेगी।"

"भगवान के लिए।" मैं गिड़गिड़ाया, "मे से कुछ न कहिएगा।"

"मगर तुम्हारी आदत नहीं जाएगी।"

"क्या करूं बॉस, लड़की अत्यन्त सुन्दर है, भोली है और अभी तक कंवारी; और अब तक मुझसे बहुत प्रेम करती है।"

"अन्तिम बार कहे देता हूं, ज्यादा मत रीझाना।" हेमन्तसिंह ने कड़े लहजे में कहा और फिर ट्रांसमीटर ऑफ हो गया।

रात को कुंवर अमरराजसिंह के यहां सोया। सुबह नाश्ते के बाद तैयार हुआ, मगर तैयार होने से पहले प्रश्न कपड़ों का था। संयोग

से कुंवर अमरराजसिंह का कद और शरीर मेरे कद और शरीर से मिलता-जुलता था, सिवाय इसके कि मैं उससे कुछ अधिक तगड़ा और मजबूत था, उसके कपड़े मेरे शरीर पर बहुत फिट आए। मगर आजकल तंग कपड़ों का फैशन चल पड़ा है, इसलिए बात बन गई।

नाश्ते के बाद हम दोनों याट क्लब चले गए, और बीयर का एक-एक गिलास पिया। सुबह को याट क्लब में बहुत कम लोग होते हैं। झील की ओर के टूटे हुए बरामदे को फिर ठीक कर लिया गया था और अबकी लकड़ी के बजाए लोहे के पाये लगाये गए थे। इस बरामदे में एक लम्बे बालों वाली औरत आंखों पर गागल लगाए हुए और गुलाबी रंग की खुले कालरों की कमीज और उसके नीचे जोधपुरी बिंरजिस पहने हुए रेलिंग से लगी खड़ी झील की ओर देख रही थी। पहले तो मैं दिल ही दिल में उसकी पतली कमर के नीचे भारी कूल्हों की गोलाइयों को सराहता रहा, फिर उसकी लम्बी गर्दन की जैतूनी रंगत, और गालों पर हल्कें से रूज के मेकअप की। वह वैद मजनू की डाली की भांति लचकती खड़ी थीं, और उसे देखकर न जाने क्यों मेरे दिल में ख्याल आया कि मैंने उसे इससे पहले भी कही देखा है।

मैंने धीरे से कुंवर अमरराजसिंह को आंख मारी और उसकी मेज से उठकर गिलास हाथ में लिए रेलिंग की ओर चला गया।

वह कोमल शरीर सुन्दरी इस समय गागल उतारे एक दूरबीन आंखों पर लगाए झील की ओर देख रही थी, जहां दो बादबान वाली नौकाएं रेस कर रही थीं। मेरे और उसके बीच कोई छः-सात फुट का अन्तर होगा। वह झील में देखते हुए मानो अपने-आपसे कहने लगी, "आज झील में पानी कम है।"

मैं चौंक गया। लड़की ने कोडवर्ड बोला था, राबर्ट हिल का बताया

हुआ। मैंने झील के किनारे लगी नौकाओं की ओर संकेत करते हुए कहा, ''मगर नौकाएं ज्यादा हैं।''

उस लड़की ने धीरे से दूरबीन अपनी आंखों से दूर की, अपनी बड़ी-बड़ी कजरारी आंखों से मेरे ओर देखा : उन आंखों में असाधारण आकर्षण और चमक थी। एकाएक जब वह दूरबीन को निकट की मेज़ पर रखने के लिए झुकी, तो मुझे उसका कमान की भांति खिंचा हुआ सुड़ौल शरीर दिल्ली के रेलवे स्टेशन पर मिस्टर बैनर्जी के पांव छूता हुआ दिखाई दिया। और एकाएक मैंने पहचान लिया कि यह वही लड़की थी, जो मिस्टर बैनर्जी के दूसरे बहुत-से सम्बन्धियों और मित्रों के साथ दिल्ली स्टेशन पर स्वागत करने के लिए आई थी। मैंने कोड पूरा कर दिया था, अब बोलने की बारी उसकी थी।

''शायद मैंने आपको कहीं देखा है।'' वह मुस्कराई।

''कुछ औरतें ऐसी होती है, जिन्हें देखकर यही शुबहा होता है। सदा यही लगता है कि उन्हें इससे पहले कहीं देखा है, मगर देखा नहीं होता।''

हंसी से उसके रसदार होठों में मोतियों जैसे दांत दमक गए। मैं सोचने लगा, 'इसके होंठ कितने रसीले होंगे?'

कहने लगी, ''मैं अरूणा घोष हूं।''

मैंने कहा, ''वह तो आपके सुन्दर शरीर की तीखी बनावट से मालूम हो गया था कि आप बंगाली है। ऐसी स्वच्छ जैतूनी रंगत, जिस पर कभी-कभी केसर का भान हो, बंगाल के सिवा और कहीं नहीं पाई जाती।''

''यह सच है।'' वह अजीब अदा से मुस्कराई, ''मगर हमारे यहां ऐसी ही बनावट मिलती है।''

मगर जहां मिलती है गजब की होती है।" मैंने कहा।

वह बोली, "आपने अपना नाम तो बताया ही नहीं।"

मैंने कहा 'राबर्ट हिल ने कहा था, अपना नाम न बताना वैसे आप मुझे मिस्टर एक्स कह सकती हैं।"

वह बोली, "तो आइए मिस्टर एक्स, कुछ देर के लिए मेरे टेबल पर बैठ जाइए।"

हम दोनों रेलिंग से लगे हुए टेबल पर बैठ गए। मैं बीयर पीता रहा, उसने अपने लिए चाय आर्डर की, फिर बोली,, "क्या यह गलमुच्छे और ठोढ़ी पर दाढ़ी असल हैं?"

मैंने कहा, "यह मेरा मेकअप है, पुलिस से बचने के लिए।"

अरूणा बोली, "बस आज रात तक के लिए यह सुरक्षा काफी है, कल..." वह रुक गई।

"हां, कल क्या?" मैंने पूछा।

वह बोली, "कल सुबह राबर्ट हिल आ जाएंगे और हम लोग दो गाड़ियों में रानीखेत चले जाएंगे, जहां हमारे एक्शन का आरम्भ होगा। फिर आपको वहां से छुपे ढंग से हिन्दुस्तान से बाहर भेज दिया जाएगा।"

"नीलमी आंख के साथ?"

"नहीं आपके मूल्य के साथ तीस लाख रुपया चाहिए न आपको?"

"जिसमें से दस लाख एडवांस में यहीं ले लूंगा।"

"वह कल राबर्ट हिल लेता आएगा।"

मैं दिल ही दिल हंसा, राबर्ट हिल की लाश जाने अब तक किस खड्ड में पड़ी सड़ रही होगी। फिर मेरे दिल में एक अजीब ख्याल आया, सम्भव है यह लड़की ऐक्टिंग कर रही हो। राबर्ट हिल के कमरे से मिला हुआ दूसरा कमरा खाली था, वह शायद इसी औरत का था। वार्डरोब में टंगे हुए कपड़े मुझे याद आ गए, उसमें एक जोधपुरी विरजिस भी थी। यह लड़की कौन-सी नई चाल चल रही है? सम्भव है यही राबर्ट हिल की कातिल हो। कल यह राबर्ट हिल के न आने के लिए कोई बहाना बनाएगी जरूर। सम्भव है अन्दर ही अन्दर इसने नीलू पीकाथा से सांठ-गांठ कर रखी हो। कुछ भी सम्भव हो सकता है।

''आज से तुम मेरी रक्षा में हो,'' वह मेरी ओर मुस्कराकर बोली, ''जब तक वह नीलमी आंख हमारे हवाले न करोगे, तुम मेरे साथ रहोगे।''

''मेरा इससे अधिक सौभाग्य और क्या होगा कि तुम्हारी ऐसी सुन्दरी का साथ मिले।'' मैंने कहा।

वह हंस दी, फिर चाय पीते हुए बोली, ''आज रात तुम मेरे बंगले में सोओगे।''

''तुम्हारे बंगले में?''

''मेरा मतलब है मेरी एक सहेली का बंगला है, जहां मैं ठहरी हूं। फीरोजा।''

''कुंवरानी फीरोजा?''

''हूं, तुम्हें कैसे मालूम हुआ?''

''ऐसे ही अनुमान लगा लिया।''

''आदमी होशियार मालूम पड़ते हो।''

"रात को अकेला सोना पड़ेगा क्या?"

"मैं तुमको अकेला नही छोड़ सकती।" एकाएक उसकी निगाहें नीची हो गई। आखिर औरत थी।

"मेरा सौभाग्य।"

"दुर्भाग्य कहो, क्योंकि तुम्हारे हाथ कुछ नहीं आएगा।"

"क्यों?"

"क्या तुमने कभी दो औरतों को एक-दूसरे से प्रेम करते देखा है?" वह बोली, "बात यह है कि मैं और कुंवरानी फीरोजा एक दूसरे पर मरती हैं, एक-दूसरे से प्यार करती है।"

"क्या तुमने मुझे कभी एक साथ दो औरतों से प्यार करते देखा है?" मैंने उसकी ओर निर्भय निगाहों से देखकर कहा, "आज देखोगी।"

वह अपनी कुर्सी से उठी और उसने हाथ घुमाकर एक जोर का चांटा मेरे गाल पर जड़ दिया। चांटा एकाएक और इतने जोर से पड़ा था कि मैं चकरा गया, हैरत से उसकी ओर देखने लगा।

"मिस्टर एक्स," वह कड़े लहजे में बोली, "मेरा काम केवल इतना है कि जब तक तुम रानीखेत न पहुंच जाओ, दिन-रात साये की भांति साथ-साथ तुम्हारी देखभाल करती रहूं, और मेरा व्यवहार तुम्हारे संग बिलकुल ठीक और सच्चा होगा, और तुम्हें मुझसे अधिक, हम दोनों को एक-दूसरे से अधिक आशा नहीं रखनी चाहिए।"

"ओ.के. मिस अरूणा घोष।" मैं गाल सहलाते हुए बोला।

"बियर पीओ।" उसने संकेत किया।

मैंने घड़ी की ओर देखा, बियर का गिलास परे सरका दिया। नीलू

से मिलने का समय हो रहा था। मैंने मेज से उठते हुए कहा, ''मैं शाम को कुंवरानी फीरोजा के बंगले पर आ जाऊंगा।''

''शाम को नहीं, अभी चलो, लंच इकट्ठे खाएंगे।''

''जिस दोस्त के यहां ठहरा हूं, लंच का वायदा उससे है। फिर अपना सामान भी लेना है, जो किसी दूसरी जगह रखा है, क्योंकि जैसा तुमने कहा कि रानीखेत पहुंचकर मैं बिलकुल तुम्हारे गैंग में रहूंगा, और मुझे वहां से हिन्दुस्तान से बाहर पहुंचा दिया जाएगा, इसलिए अपना जरूरी सामान साथ ले लेना ठीक रहेगा।''

अरूणा घोष ने दांतो से अपना निचला होंठ काटा, धीरे से बोली, शायद मुझे तुम्हें चांटा न मारना चाहिए था, मगर...''

मैंने उसका वाक्य पूरा किया, ''तुमने मुझे चांटा मार दिया।''

उसने मेरी और देखकर धीरे से सिर हिलाया, उसकी आंखों मे आंसुओं के साये थे : शायद वह अपने किए पर पछता रही थी। उसने अपना हाथ मेरे हाथ पर रख दिया, धीरे से बोली, ''सॉरी।''

उसके हाथ का स्पर्श अत्यन्त रेशमी, नर्म और गर्म था।

मैं उठ खड़ा हुआ, मैंने उससे कहा, ''मैं कुंवरानी के बंगले पर शाम के बाद पंहुचूंगा' मगर जरूर पहुंच जाऊंगा''

''वन लार्ज जिन, ए स्लाइस आफ लेमन, एण्ड ए स्पाट ऑफ लायम।''

नार्थ क्लब बार में नीलू अपने लिए जिन का आर्डर दे रहा था, जब उसने मुझे बार के अन्दर आते हुए देखा। उसने मुझसे बात नहीं

की, मैंने भी नहीं की। मैं एक टेबल पर बैठकर बियर पीने लगा। जिन समाप्त करने में उसने कोई पन्द्रह मिनट लिए होंगे। इस बीच उसने मुझसे कोई बात नहीं की, बल्कि मेरी ओर निगाह तक नहीं डाली। जिन समाप्त करके वह अपनी सीट से उठा और बार के बाहर चला गया।

कुछ क्षणों के बाद मैं भी अपना गिलास समाप्त करके उठा और बार के बाहर चला गया। सीढ़ियां चढ़कर पहली मंजिल पर पहुंचा और रूम नम्बर सात खटखटाया। दरवाज़ा धीरे से खुल गया। मैं अन्दर गया, तो नीलू ने मुस्कराकर मेरा स्वागत किया, बड़े जोर से हाथ मिलाया। जबकि हाथ मिलाने के लिए मैं भी तैयार था, इसलिए कुछ जोर मैंने भी रख दिया। उसने अपनी अटैची खोली और उसमें से दस लाख रुपये निकालकर मुझे सौंप दिए।

''अच्छी तरह से गिन लो।''

मैंने सावधानी से गिन लिए, हालांकि गिनने की ज़रूरत नहीं थी। मगर मैं कुछ समय चाहता था और मस्तिक इस समय बड़ी तेजी से काम कर रहा था।

नीलू बोला, ''इस समय से तुम मेरे साथ रहोगे, जब तक मैं तुमसे वह नीलमी आंख न ले लूं, और तुम्हारा शेष रुपया देकर तुम्हें हिन्दुस्तान से बाहर न भेज दूं।''

मैंने कहा, ''मुझे कुछ काम है।''

''क्या काम है?''

''कुछ थोड़ा-सा सामान लेना है।''

''सामान की अब तुम्हें क्या चिन्ता है?''

''कुछ रिश्ते तोड़ने हैं।''

"कोई लड़की?" वह मुस्कराया।

"हां।"

"तो जल्दी से उससे मिलके आ जाओ।"

"रात को वही रहूंगा, अन्तिम बार।"

"इस काम में रोमांटिक होना अच्छा नहीं होता, समझदार मर्द औरत को टायलेट पेपर की भांति इस्तेमाल करते हैं।"

और समझदार औरतें मर्दों को ब्लाटिंग पेपर की भांति इस्तेमाल करती है।" मैंने कहा।

"नुकसान उठाओगे।" नीलू कंधे उचकाकर बोला, "तुम्हारी मर्जी, किस समय आओंगे?"

"सुबह सात बजे।"

"अच्छा छः बजे।" मैंने कहा।

नीलू ने मेरा हाथ जोर से पकड़ लिया, आश्चर्यजनक फौलादी पकड़ थी उसकी; मुझसे कही अधिक मजबूत बड़े कड़े लहजे में बोला, "देखो, धोखा न देना, नीलू पीकाथा को आज तक कोई धोखा नहीं दे सका, और जिसने दिया उसकी हड्डियां खाक में मिल गई। मैं याट क्लब से उस समय तक के तुम्हारे प्रोग्राम से परिचित हूं, जब वहां तुम कुंवर अमरराजसिंह से मिले, फिर तुमने अपनी कमजोरी दिखाई और एक सुन्दर लड़की को छेड़ा और उसने तुम्हें एक चांटा रसीद किया, वहां से क्षमा मंगाकर यहां आए, लेकिन तुमने मुझसे धोखा किया तो उसकी क्षमा तुम्हें कभी नहीं मिलेंगी।"

मैंने सारे रुपये उसके हवाले करते हुए कहा, "दोस्त मुझपर

विश्वास करो न, जैसाकि मैं तुम पर विश्वास कर रहा हूं। यह दस लाख रुपये जो मेरा एडवांस है, मैं तुम्हारे पास अमानत रखता हूं। कल सुबह छः बजे पहुंच जाऊंगा, यहां से इकट्ठे रानीखेत चलेंगे। वह बहुमूल्य नीलमी आंख तुम्हारे हवाले करके अपने कर्तव्य से छुट जाऊंगा।"

क्या नीलू ने मुझे मूर्ख समझा; अहमक, मैं कह नहीं सकता लेकिन उसे मुझ पर विश्वास आ गया। मुझे मालूम था, अब उसे मुझपर पूर्ण विश्वास है, अब वह मेरा पीछा तक न करेगा। नीलू से विदा होकर मैं इधर-उधर चक्कर काटता हुआ यह देखता रहा कि कोई मेरा पीछा तो नहीं कर रहा है। जब इस ओर से निश्चित हो गया तो मैंने लक्ष्मी की मौसेरी बहन के घर की ओर मुंह किया।

उसकी मौसेरी बहन और स्वंय लक्ष्मी भी मुझे पश्चिमी सूट पहने हुए, गागल और गलमुच्छे और ठोड़ी पर दाढ़ी रखे हुए पहचान न सकी। मैंने उसकी मौसेरी बहन से कहा, "लक्ष्मी किधर है?" हालांकि वह मेरे सामने खड़ी थी।

"क्या बात है?" उसकी मौसेरी बहन मेरी ओर सन्देह से देखते हुए बोली।

"हमारे नौकरों के क्वार्टर में कल रात से एक लकड़हारा पड़ा है, वह बीमार हो गया है, लक्ष्मी को बुलाता है।"

दोनों में कुछ खुसर-फुसर हुई, फिर लक्ष्मी मेरे साथ चल दी। उसे लेकर घूमता-घूमता, इधर-उधर चक्कर काटता मैं ऊपर के जंगल में पहुंच गया। एक सुरक्षित स्थान देखकर मैंने अपनी गागल और दाढ़ी उतार दी। लक्ष्मी भौचक्की होकर मेरी ओर देखने लगी। एक लम्बे क्षण के आश्चर्य के बाद वह मेरे पास आ गई। मेरे कोट के कालर पर प्यार से हाथ फैरकर बोली, "बाबू, इन कपड़ों में खूब जंचते हो, कहां से लिए ये कपड़े?"

"इधर यहीं कपड़े पहनता हूं।"

"और मुझे कैसे कपड़े पहनाते हो!" उसके लहजे में शिकायत आने लगी।

"तुम्हें भी बहुत अच्छे-अच्छे कपड़े ले देंगे।

"कब?"

"दो दिन के बाद।"

"दो दिन के बाद क्यों?"

"मैं दो दिन के लिए नैनीताल से बाहर जा रहा हूं।"

"कहां?"

"ज़्यादा मत पूछो, एक ज़रूरी काम से बाहर जा रहा हूं, दो या अधिक से अधिक तीन दिन लग जाएंगे।"

"मैं भी साथ चलूंगी।"

"जिद मत करो, तीसरे दिन आके तुम्हें ले लूंगा।"

"यही कहने आए थे?" उसकी आंखों में आसूं तैरने लगे।

"नहीं, तुम्हे मेरा एक जरूरी काम करना होगा।"

"तुम मालिक हो, मैं तुम्हारी सेविका हूं।"

"ऐसा मत कहो, मैं तुमसे प्यार करने लगा हूं, जाने क्यो?"

उसने एक ठंडी सांस भरी, बोली, "क्या करना होगा?"

"कुंवर अमरराजसिंह के बंगले, 'राक कासिल' में जाके कुंवर जी को स्वयं अपने हाथ से यह चिट्ठी दे देना, बस इतना ही काम है।"

"चिट्ठी देकर यहां आ जाऊं?"

"नहीं, चिट्ठी देकर सीधे अपनी मौसी के घर चली जाना। तीसरे रोज शाम तक मैं आ जाऊंगा, मगर मेरे आने तक जरूर रुकना। मेरा इन्तजार करना।" मैंने उससे लिपटाकर प्यार कर लिया। वह चिट्ठी लेकर चली गई। उसके जाने के एक घण्टे के बाद कुंवर मेरे पास जंगल में पहुंच गया, हाथ में एक अटैची उठाए हुए। अटैची खोलकर उसने उसमें से वायरलैस ट्रांसमीटर निकाला, और मुझसे और बातचीत किए बिना उसने हेमन्तसिंह से सम्बन्ध जोड़ दिया और बातचीत होने लगी।

मैंने हेमन्तसिंह को आज की सब बातें बता दी, सब बातें सुनकर हेमन्तसिंह बोलाः "तुम नीलू पीकाथा के साथ रानीखेत जाओ।"

"मगर कुंवरानी फिरोजा और अरुणा घोष?" मैं बोला, "मैंने सुबह अरुणा घोष से मिलने का वायदा कर लिया है।"

"वह विषय इतना मुख्य नहीं है और यह बात भी है कि दूसरे दिन यानी कल जब वायदे के अनुसार राबर्ट हिल नहीं आ सकेगा, तो उसकी अनुपस्थिति में वह कोई फैसला नहीं कर सकेगी, दोनों औरतें व्यर्थ और निरर्थक है।"

"व्यर्थ और निरर्थक?"

"हां, इस मंजिल पर।" हेमन्तसिंह बोला, "दोनों व्यर्थ हो जाती हैं क्योंकि राबर्ट हिल से वफादार है, वह राबर्ट हिल जो मर चुका है। उसकी गैरमौजूदगी में वे कोई फैसला नहीं कर सकती। लेकिन नीलू कर सकता है, कर रहा है। मेरा ख्याल है कि हिल की मौत के बाद नीलू अकेला काम नहीं कर रहा है, गैंग के दो टुकड़े हो चुके हैं। राबर्ट हिल के जीवन में दो टुकड़े हो चुके थे, मगर हिल को यह मालूम नहीं था, इसलिए उसके विरोधियों ने उसे रास्ते से हटा दिया।"

''तो फिर?'' मैंने पूछा।

''तुम नीलू के साथ जाओ, अरूणा घोष और कुंवरानी फिरोजा की देखभाल कुंवर अमरराजसिंह कर लेगा। और मन्दिर के स्मगलरों को पकड़ने के लिए मैं। आदेश भेज देता हूं, वे लोग वहीं पकड़ लिए जाएंगे।''

मैं बोला, ''जब तक रानीखेत का एक्शन पूरा न हो जाए, इधर कोई निर्णयात्मक पग न उठाइए, प्लीज, वरना वे लोग सावधान हो जाएंगे।''

''तुम मुझे बच्चा समझते हो?'' हेमन्तसिंह ने कड़े लहजे में कहा।

''और क्या जाकर कहूं, नीलमी आँख कहां पड़ी है?''

''नैनी देवी का जो बड़ा मन्दिर खोजा गया है, वह तुमने देखा है?''

''जी हां।''

''उसके बड़े आंगन में उत्तरी दीवार के निकट चीड़ के पांच पेड़ खड़े है।''

''जी हां।''

''उन पांच पेड़ों के गोल घेरे में ठीक बीच में चारों ओर से बीस गज का अन्तर मापकर खुदाई शुरू कर दो, तीन गज की गहराई पर तुम्हें एक लोहे की सन्दूकची मिलेगी, उसमें वह नीलमी आंख होगी।''

हेमन्तसिंह चुप हो गया। मैं भी चुप रहा।

एक लम्बी निस्तब्धता के बाद हेमन्तसिंह से पूछा, ''कुछ और मालूम करना चाहते हो?''

''शेष सब मुझे मालूम है।'' मैं बोला और उसने ट्रांसमीटर आफ

कर दिया।

ट्रांसमीटर बन्द होने के बाद कुंवर अमरराजसिंह और मैं दोनों चुपचाप एक दूसरे की ओर देखते रहे।

"सबसे कठिन काम अब शुरू होना है।" कुंवर बोला।

"मेरा ख्याल है पुलिस के काफी आदमी वहां रहेंगे।" मैंने पूछा।

"उसकी चिन्ता मत करो, मगर तुम जानते हो?..." वह एकाएक चुप हो गया।

मैंने एक सिगार सुलगा लिया, कहा "अगर मैं मर जाऊं, तो एक बात करना, लक्ष्मी की शादी किसी अच्छी जगह कर देना, बहुत अच्छी लड़की है।"

"बहुत अच्छा।" कुंवर मुस्कराकर बोला, "और कुंवरानी फिरोजा और अरुणा घोष की शादी कहां कर दूं?"

"उनकी तुम मत चिन्ता करो, मैं उन्हें आज रात मिल रहा हूं।"

"तुम उनके यहां नहीं जाओगे।" कुंवर अमरराजसिंह ने मुझे धमकाते हुए कहा।

"नहीं जाऊंगा, तो उन्हें शुबहा हो जाएगा।"

"होने दो शुबहा, अच्छा है कि वे शशोपंज में रहें, राबर्ट हिल का इन्तजार करती रहें और तुम्हारे साथ रानीखेत न जाएं। इतने समय में रानीखेत का एक्शन समाप्त हो जाएगा, उसके बाद उन्हें होश आएगा—समझ गए।"

"आल राइट।" मैंने अनमनेपन से कहा, फिर कुछ सोचकर बोला, मुझे एक अच्छा-सा रिवाल्वर चाहिए।

कुंवर ने उत्तर दिया, "घर चलो, रात वहीं रहो, सुबह जरूरत की सब चीजें तुम्हें मिल जाएंगी।"

"मेरा लकड़हारे का लिबास तुम लेते आए हो?"

"कुंवर अमरराजसिंह ने अटैची खोलकर ड्रेस निकाला। मैं भेस बदलने लगा।

सुबह छः बजे मैं तैयार होकर नीलू के कमरे के बाहर दस्तक दे रहा था। नीलू तैयार होकर एक अटैची उठाए हुए कमरे से बाहर निकला, मुझे देखकर जरा-सा मुस्करा दिया। जरा-सा मुस्कराने से अधिक वह किसी प्रकार की नरमी जानता ही न था। नीचे एक शक्तिशाली सैंडरोवर खड़ी थी। हम दोनों उसमें बैठ गए। नीलू स्टियरिंग पर बैठ गया, मैं उनकी बगल में। अटैची उसने पीछे की सीट पर उछाल दी।

दिन को नैनी देवी के मन्दिर की खुदाई का काम होना था, इसलिए हमने अपना काम करने के लिए रात का चुनाव किया।

रानीखेत के चीड़ के जंगल सारे संसार में विख्यात है। अत्यन्त घने और फैले हुए। रानीखेत के पीछे का पहाड़ पार करके हम एक तंग वादी में पहुंचे, जहां पेड़ों से घिरा हुआ नैनी देवी का मन्दिर था। वह स्थान बहुत समय तक एक सुरक्षित स्थान रखा गया था, और यहां शिकार खेलना भी मना था। फिर उस वादी में विषैलें सांप बड़ी अधिकता से पाए जाते थे, इसलिए भी हर किसी को इधर आने का साहस न होता था। जब नैनी देवी के मन्दिर का पता लगा, तो वह एक टीले के अन्दर टनों मिट्टी और चट्टानों के ढेर के अन्दर धंसी हुई हालत में था, और उस टीले पर सैकड़ों झाड़ियों और बेलों ने हरे रंग का एक गहरा-सा जाल बुन रखा था। नैनी देवी के इस विशाल और भव्य मन्दिर की खोज का

श्रेय पुरातत्व विभाग के दो हिन्दुस्तानी अनुभवी इन्सानों को प्राप्त हुआ है, गुरुनाथ सहाय और श्री ओंकारप्रसाद। इन्होंने ही एक पुराने पाली दस्तावेज को पढ़कर इस मन्दिर की खोज की थी, जिसमें नैनी देवी की सफेद संगमरमर की वह मूर्ति भी सम्मिलित थी, जिसकी नीलमी आंखे चुरा ली गई थीं, और बहुत-सी मूर्तियां भी गायब हो गई थीं, जिसकी छानबीन के लिए केन्द्रीय इण्टेलीजेंस के हेमन्तसिंह ने अपने गिरोह को तैनात किया था।

मुसीबत यह थी कि यह चांदनी रात थी। नीलू ने ठीक यही समझा कि अपने किसी गिरोह को इस काम में सम्मिलित न करे, मैं इस तरकीब के विरुद्ध था चूंकि ज़्यादा लोग होंगे तो ज्यादा पकड़े जाएंगे। मगर नीलू बहुत होशियार था, लगभग उसका विचार नीलमी आंख स्वयं चुराने का था, वह विला भागीदारी के उस पर अधिकार करना चाहता था। नीलू ने मुझको सहमत कर लिया। ज्यादा लोगों को साथ ले जाने से पकड़े जाने का भी शुबहा है।

"पुलिस भी तो पहरे पर है वहां।" मैंने विरोध किया।

"मैंने मालूम कर लिया है," नीलू बोला, "केवल दो पुलिसमैन पहरे पर हैं। दोनों को काबू में कर लेना कोई कठिन काम नहीं है, एक को तुम संभाल लेना, दूसरे को मैं देख लूंगा।"

मैं जब नीलू को किसी प्रकार अपनी बात न मनवा सका, कि वह अपने पूरे ग्रुप या ग्रुप के कुछ आदिमयों को अपने साथ ले ले, तो मैंने भी परिस्थिति के अनुसार राय बदल दी। अब मैं भी अकेला ही नीलू के साथ जाऊंगा। मुझे मालूम था कि पुलिस मन्दिर को घेरे में लिए होगी, मगर जब तक मैं कोई संकेत न करूंगा पुलिस नीलू से किसी प्रकार न भिड़ेगी।

इससे पहले स्कीम यह थी कि वह ठीक अवसर पर मन्दिर के आंगन में धरती को खोदते हुए नीलू और उसके आदिमयों को पकड़ा देगा। अब जबकि नीलू अकेला आ रहा था, उसे नीलू को वह नीलमी आंख देनी होगी, और साये की भांति उसके साथ-साथ रहना होगा, ताकि नीलू उसे अन्त में अपने गैंग मे मिला दे। यह स्कीम बड़ी खतरनाक थी, मगर इसके सिवा कोई चारा भी न था।

चांदनी रात में चीड़ के तने सिपाहियों की भांति बड़े प्रतीत हो रहे थे। नीलू ने मुझको अपने आगे चलने को कहा था, ताकि मैं हर पल उसकी गोली का निशाना रहूं। नीलू ने एक बैग में अपने कन्धे पर खुदाई का सामान उठा रखा था और दूसरे हाथ में रिवाल्वर। वह बड़ी सावधानी से आसपास चारों ओर देखता जाता था मगर कहीं पर उसे कुछ नजर न आया, जिससे उसे किसी प्रकार का सन्देह होता। जब हम बड़े मन्दिर के निकट पहुंच गए तो पेड़ों की ओट से हमने बड़े मन्दिर के दरवाज़े की ओर देखा। दरवाजा बाहर से बन्द था, और उस पर भारी-सा ताला पड़ा हुआ था। दो रायफलधारी पुलिस के सिपाही दायें से बांये और बायें से दायें चलकर पहरा दें रहे थे। वे सामने से गायब हो जाते और मन्दिर के चारों ओर खिंची हुई ऊंची दीवार के किनारे चक्कर लगाकर फिर सामने दरवाजे पर आ आते।

नीलू ने घड़ी देखकर कहा, "दोनों पहरा देने वाले सिपाही जब पीछे की ओर जाते हैं तो पन्द्रह मिनट के बाद सामने के दरवाज़े पर आ पाते हैं।"

"पन्द्रह मिनट में हम बड़ी अच्छी तरह दीवार फलांगकर दूसरी ओर मन्दिर के आंगन में कूद सकते हैं। दरवाजा बाहर से बन्द है, किसी को शुबहा तक न होगा।" मैंने कहा।

"नहीं।" नीलू साफ इन्कार में बोला, "इन दोनों सिपाहियों को बे-

हथियार कर देना ही अच्छा होगा। जब दोनों सिपाही दायें-बायें दूसरे से मिलकर पीछे की ओर जाने लगें, तुम दायें वाले सिपाही पर हमला कर दो, मैं बायें वाले पर।"

"ठीक है।" मैंने हामी भरी।

आधे घण्टे तक धीरे-धीरे जमीन पर सरकते हुए हम मन्दिर के बहुत निकट चले गए। इसके बाद नीलू की तरकीब से मैंने दायीं ओर जाने वाले सिपाही पर हमला किया। उसकी गुद्दी पर इतने जोर से मुक्का मारा कि वह एक ही मुक्के में चकराकर जमीन पर गिर गया। जमीन पर गिरते ही मैंने उसकी रायफल उसके हाथ से अलग कर दी और उसके मुंह में कपड़ा ठूंस के उसे अपने कन्धे पर उठाकर सामने के दरवाजे के निकट पेड़ों में ले आया। थोड़ी देर बाद नीलू पीकाथा भी दूसरे सिपाही को उठाए हुए पेड़ों के झुण्ड में पहुंच गया। मैं उस भारी-भरकम दूसरे सिपाही के शरीर को नीलू की पीठ से उतारने में जब सहायता देने लगा तो एकाएक लगा कि सिपाही की गर्दन एक ओर को लुढ़क गई है।

"यह क्या?" मैंने धीरे से पूछा, मगर उसकी रग-रग में क्रोध की लहरें उठने लगी थीं।

नीलू ने लापरवाही से कहा, "शायद घूंसा जोर का पड़ा, गर्दन टूट गई है।"

मैंने दांत पीस लिए, मगर अन्धेरे में नीलू यह क्रिया देख नहीं सका। बड़े धैर्य से बोला, "मैंने इसकी जेब की तलाशी लेकर इसमें से ताले की चाबी भी प्राप्त कर ली हैं, अब हमें दीवार फांदकर अन्दर जाने की जरूरत नहीं है।"

नीलू ने विजयात्मक ढंग से चाबियां का गुच्छा हवा में लहराया।

दरवाजें का ताला खोलकर हम दोनों अन्दर चले गए। अन्दर जाकर नीलू ने दरवाजा अच्छी तरह से बन्द कर लिया, इसके बाद प्रश्नसूचक निगाही से मेरी ओर देखने लगा।

बोला, "अब किधर चलना है?"

मैंने कहा, "उत्तरी दीवार के साये में वे पांच पेड़ चीड़ के देखते हो?"

"हां।"

"वहीं चलो।"

"तुम आगे चलो।"

मैं आगे-आगे चलने लगा, चीड़ के कुंज में पहुंचकर नीलू ने पूछा "अब?"

जैसे उसे मुझ पर कुछ शुबहा हो। मैंने जेब से मापने वाला एक फीता निकाला, फिर पांचों पेड़ों के बीच का चिन्ह खोजा, फिर नीलू से कहा, "यहां की जमीन खोदो।"

"कितनी गहरी।"

"कोई तीन गज के लगभग।"

नीलू ने अपना झोला, जो उसके कन्धे पर झूल रहा था, जमीन पर उतारकर खोला और उसमें से कुदाल और बेलचा निकाला। मैं उस समय उसे समाप्त कर सकता था। अकेले नीलू को समाप्त करने से मुर्दा सिपाही का बदला तो मैं ले सकता था, मगर पूरी गैंग को नहीं पकड़ सकता था, इस लिए मैंने अपने क्रोध को ठंडा किया और जब वह कुदाल चलाकर जमीन खोद रहा था, मैं बेलचे से मिट्टी हटाता जाता था। तीन गज की गहराई के बाद एकाएक उसकी कुदाल किसी लोहे की चीज़ से टकराई, जोर का झनाका हुआ, नीलू एकदम रुक गया।

“धीरे से।” मैंने उसे समझाया। अब वह बड़ी सावधानी से मिट्टी हटाने लगा। हटाते-हटाते उसे एक लोहे की सन्दूकची मिली, उसे उठाए हुए नीलू गड्ढे से बाहर निकल लाया।

सन्दूकची पर ताला पड़ा था।

“अब?”

मैंने जेब से एक चाबी निकालकर कहा, “घबराओ नहीं, इसकी चाबी मेरे पास है।”

मैंने चाबी नीलू के हाथ में दे दी, उसकी उंगलियां कांप रही थीं।

नीलू से सन्दूकची खोली। अन्दर एक और सन्दूकची बन्द थी।

“इसकी चाबी भी मेरे पास है, और अब तुम जब इसे खोलोगे तो इस सन्दूकची के अन्दर नैनी देवी की असली आंख पाओगे।”

नीलू ने मेरे हाथ से चाबी लेकर उस सन्दूकची को खोला।

जब ढक्कन उठाया तो सन्दूकची खाली थी।

“हाय।” मेरे मुंह से निकला।

दूसरे ही क्षण एक जोरदार घूंसा मेरी गर्दन की ओर आया। अगर मैं सावधान न होता और अपने-आपको बचा न लेता, तो यह फौलादी घूंसा जरूर मेरी गर्दन तोड़ देता।

नीलू ने दूसरा वार किया और दांत पीसकर बोला, “तुमने मुझसे धोखा किया है।”

“कभी नही नीलू।” मैंने बड़ी मुलायमियत से उससे कहा, और दूसरे वार पर भी परे हट गया। “धोखा मुझसे है, इसी सन्दूकची में

वह नीलमी आँख बन्द थी, देखते नहीं हो ताला : दोनों ताले बाहर से बन्द है।"

"इससे क्या होता है, धोखेबाज।" वह चिल्लाकर मुझ पर पिल पड़ा, उसे फिरात और जोडू की दोनों कलाएं आती थीं। आती तो मुझे भी थीं, लेकिन इनके अतिरिक्त हिन्दुस्तानी कुश्ती के भी दांव-पेच जानता था। फिरात के दो-चार दांव खाली कर देने के बाद मैं भी उस पर पिल पड़ा। और घूंसे और मुक्के का उत्तर मुक्कें और ठोकर का उत्तर ठोकर से देने के बाद मैंने धोबीपाट लगाकर उसे एकदम अपने दोनों हाथों में उठाकर नीचे जोर से गिराने ही वाला था कि एकाएक जाने उसने कैसी पटकी खाई और मुझसे अलग हो गया और जेब से रिवाल्वर निकालकर मेरी ओर बढ़ा।

अब मेरी मौत यकीनी थी। मैं उसकी आंखो में शैतानियत और खून के गहरें साये देख रहा था।

"ब्लडी इण्डियन!" उसने दांत पीसकर कहा।

"ब्लडी मिलाट्?" मैंने तत्काल उत्तर दिया।

"बताओ यह नीलमी आंख कहां है? तत्काल उत्तर दो, वरना यह गोली तुम्हारे सीने में पार होगी।"

"वह नीलमी आंख मेरे पास है।" एकाएक चीड़ के झुण्ड से एक आवाज आई और कोई नीलू के पीछे कूदा। नीलू पीछे मुड़ने ही वाला था कि किसी ने रिवाल्वर की नाल उसकी पीठ से लगाकर कहा, "रिवाल्वर फेंक दो, और दोनों हाथ ऊपर करके चुपचाप खड़े रहो वरना अभी लबलबी दबा दी जाएगी।

यह एक औरत की आवाज़ थी, मगर उसकी आवाज में बला की

कठोरता थी। नीलू समझ गया कि जो यह औरत कह रही है बिलकुल सच कह रही है। उसने रिवाल्वर फेंक दिया और दोनों हाथ ऊपर कर दिए।

"तुम भी।" उस औरत ने मेरी ओर संकेत किया, "दोनों हाथ ऊपर कर दो।"

मुझे चक्कर-सा आने लगा। यह मैं क्या देख रहा हूं, क्या मुर्दे भी उस दुनिया से इस दुनिया में आकर जीवित हो जाते हैं?"

मेरे सामने, हम दोनो के सामने शान्ता बैनर्जी थीं, वह शान्ता जो बम्बई से आने वाली गाड़ी में जबर्दस्ती मेरे डब्बे में घुस गई थी, जिसकी लाश को मैंने रेल के एक बाथरूम में ठूंसा देखा था।

तुम हैरत से मेरी और क्या देख रहे हो?" शान्ता मुस्कराकर बोली, "माथे पर पिस्तौल का जख्म नकली था, और मैं योग-विद्या जानती हूं, अपनी नब्ज दो घण्टे के लिए बन्द कर सकती हूं।"

इतना कहकर वह जोर से हंसी और मेरी ओर देखकर बोली, "कहो, तुम कैसे हो, मेरे एक रात के पति साहब?"

मैंने कहा, "मगर वह नीलमी आँख क्या हुई? मैं सौगन्ध खाकर कह सकता हूं वह इसी सन्दूकची में बन्द थी।"

"उसे मैंने निकाल लिया।"

"कैसे, तुम्हें कैसे पता चला?"

वह फिर जोर से हंसी, "तुम मर्द बड़े मूर्ख होते हो, जब तुम और कुंवर अमरराजसिंह हेमन्तसिंह से जंगल में वायरलैस ट्रांसमीटर पर बातचीत कर रहे थे, कोई और भी इसी जंगल में मौजूद था।"

"कौन?"

"सामने आ जाओ डियर।" शान्ता ने पेड़ों के पीछे के अन्धेरे में किसी को आवाज दी।

पगों की आवाज़ अन्धेरे से उजाले की ओर बढ़ने लगी, फिर मैं चक्कर खाने लगा। यह मैं क्या देख रहा हूं, मेरे सामने लक्ष्मी खड़ी थी।

"इस भोली-भाली देहाती लड़की को पहचानते हो, जिसे तुमने इसके बापू से खरीदा था। यह भोली-भाली देहाती लड़की नहीं है, एम.ए. पास है, मेरी हमराज है, हमारे गैंग में सम्मिलित है।"

एकाएक नीलू अपनी जगह से उछला, बड़े खतरनाक ढंग से शान्ता पर हमला करने के लिए। पिस्तौल की गोली चलने की आवाज तक न आई, मगर वह जमीन पर गिरा जा रहा था।

"मेरी रिवाल्वर बे-आवाज है न?" शान्ता धीरे से बोली।

"लक्ष्मी तुम हो?" मैंने लक्ष्मी को आश्चर्य से देखकर कहा। वह इस समय एक बहुत ही अच्छा स्कर्ट और ब्लाउज पहने हुए थी, और सर पर उसने स्कार्फ बांध रखा था।

"हां मालिक..." लक्ष्मी मेरी ओर देख के मुस्कराई, "मेरा बाप भी कोई गरीब हरिजन नहीं है, इसी गैंग का एक सम्मानित सदस्य है। कहो मेरा भेस पसन्द आया?"

नीलू जमीन पर तड़प रहा था।

"कुछ मिनट में मर जाएगा।" शान्ता ने क्रोध-भरी आवाज़ में कहा, फिर मेरी ओर देखकर बोली, "कुछ मिनट में तुम भी मर जाओगे।"

शान्ता ने रिवाल्वर का मुंह मेरी ओर किया।

“मगर।” लक्ष्मी घबराकर बोली, “तुमने मुझसे वायदा किया था, इसकी जान न लोगी, नीलमी आंख तुम्हारे अधिकार में आ गई, मेरी सहायता से... क्या यह काफी नहीं है?”

“तुम नहीं जानती हो लक्ष्मी, यह अरविन्द माली कितना खतरनाक आदमी है, यह हमारे रहस्य से परिचित हो चुका है। अब यह अगर जीवित रहा तो कभी न कभी फिर हमारी गैंग पर हमला करके हम सबको पकड़ा देगा।”

“मगर तुमने वायदा...” लक्ष्मी हठ करते हुए कुछ कहने लगी।

अगले कुछ क्षणों में जो कुछ हुआ उसका मुझे भी उस समय कोई पता न लग सका। मुझे इतना मालूम हुआ कि लक्ष्मी का वाक्य पूरा होने से पहले शान्ता ने मुझ पर गोली चलाई, और उसी क्षण बिजली जैसी तेजी से लक्ष्मी मेरे और उसके बीच आ गई, और एक जोर की ‘हाय’ के साथ जमीन पर गिर पड़ी। खून उसके शरीर से बहने लगा। मैंने उसे गिरता देखकर जोर से सीटी बजाई, यह सीटी जंगल के मन्दिर के आसपास चारों ओर छुपे हुए पुलिस वालों के लिए सिंग्नल था।

“लक्ष्मी यह तुमने क्या किया?” मैं जमीन पर गिरी हुई लक्ष्मी को उठाने लगा। इतने में शान्ता ने भी मेरे सिंग्नल भांप लिया था, और वह तत्काल मन्दिर के अन्दर दौड़ती चली गई।

मैंने लक्ष्मी को वहीं छोड़ दिया और जेब से अपनी गुलाबी पिस्तौल निकालकर शान्ता के पीछे भागा मगर वह मेरी पिस्तौल के निशाने से आगे जा चुकी थी। मैं तेज कदमों से आगे बढ़ता गया।

शान्ता एक सुरंग जैंसे रास्ते में घुस गई, मैं उसके पीछे-पीछे चला

गया। शान्ता को इतना अवसर ही न मिला कि वह छुपे हुए सुरंग जैसे मार्ग को बन्द कर सके।

यह एक लम्बी सुरंग थी, शान्ता बहुत तेजी से दौड़ती हुई आगे चली गई और एक मोड़ पर मेरी निगाह से गायब हो गई।

भागते-भागते मुझे जोर से टक्कर लगी, मेरा सिर एक चट्टान से टकरा गया था, माथे से खून बहने लगा, मगर शुक्र है, माथा नही फूटा। वास्तव में यहां रास्ता बहुत तंग और छोटा-सा था और जमीन पर घसीट कर चलना पड़ता था। मैं इस रास्ते से परिचित न था, इसलिए चोट खा गया। शान्ता इसी रास्ते भागी थी मगर एक मर्द के मुकाबले में उसका शरीर दुबला था, इसलिए वह तंग और घुटे हुए रास्ते से आसानी से निकल गई और मुझे जमीन से घसीटते-घसीटते इस तंग गुफा से निकलने में कोई पन्द्रह-बीस मिनट बन गए। सम्भव है आधा घण्टा भी लग गया हो।

जब इस गुफा से बाहर निकला, तो एकाएक जंगल की खुली हवा ने मुझे चारों ओर से छू लिया। मैंने देखा कि मैं एक लम्बी-चौड़ी तलहटी के सिरे पर हूं, और मेरे सामने घास का एक मैदान फैला है। एकाएक मेरे नथुनों में पेट्रोल की बू आई, फिर एक घर्र-घर्र करती हुई गूंज सुनाई दी।

एकाएक मैंने आवाज की ओर निगाह उठाई। वायु में पेड़ों के ऊपर एक हेलीकॉप्टर ऊंचा हो रहा था। मैंने क्रोध से अपना होंठ काट लिया, मैं जिसे जीप समझा वह हैलीकोप्टर निकला। इस हैलीकोप्टर के द्वारा ही राबर्ट हिल अपने मन्दिर की मूर्तियां बाहर भिजवाता होगा। हैलीकोप्टर पेड़ो की चोटियों से ऊंचा होने लगा था। मैं घास के मैदान में सर उठाए उसे देख रहा था।

एकाएक किसी ने हैलीकोप्टर से मेरी ओर देखकर कहा, "विदा मेरे

एक रात के पति साहब, फिर मिलेंगे।''

यह शान्ता की विजय सूचक आवाज़ थी।

अस्पताल के कॉरीडोर में मैं बेसब्री से टहल रहा था, मेरी निगाहें कमरा नम्बर दो पर थीं, जिसके दरवाजे पर एक लाल बत्ती जल रही थी।

कुछ मिनट के बाद हेमन्तसिंह कमरा नम्बर दो से बाहर निकला। मैं दौड़कर उसके पास गया, ''उसका क्या हाल है, बच जाएगी?''

हेमन्तसिंह बोला, ''नीलू तो मर चुका है।''

''मै नीलू के बारे में नहीं पूछता।'' मैंने बड़ी बैचैनी से कहा, ''लक्ष्मी के बारे में पूछता हूं।''

हेमन्तसिंह बोला, ''मैंने बौद्ध मूर्तियों को चुराने वाले गिरोह को पकड़ने के लिए आदेश दे दिया था, आठ आदमी पकड़ लिए गए हैं?''

''लक्ष्मी अब कैसी है? क्या वह जीवित है? तुम बताते क्यों नहीं हो?''

''तुमने ठीक सोचा था, राबर्ट हिल के गिरोह में फूट पड़ गई थी। मगर तुमने यह गलत सोचा कि नीलू दूसरे गैंग का सरदार है। वह औरत का कमरा जिसकी तुमने तलाशी ली थी, किसी परिचमी औरत का कमरा न था, उसमें शान्ता बैनर्जी रहती थी, और वह दूसरे गैंग की सरदार थी। वही नैनी देवी की दूसरी असली आंख ले गई।'' हेमन्तसिंह हाथ मलते हुए बोला, ''अब मेले के अन्दर नैनी देवी के चेहरे पर नकली आंखें लगानी पड़ेगी।''

''अगर तुम मुझे जल्दी नहीं बताओगे तो मैं अन्धा हो जाऊंगा।''

मैं भरे गले से बोला।

हेमन्तसिंह मुस्कराकर बोला, "वह बच गई है, गोली किसी खतरनाक जगह पर नहीं लगी है, वह जीवित है, और चूंकि वह जीवित है इसलिए उसके द्वारा गैंग के बाकी लोगों के पते बहुत जल्दी लग जाएंगे।" मगर उसके आगे मैंने कुछ न सुना। दौड़ता हुआ कमरा नम्बर दो की ओर भागा, दिल उचककर मेरे गले में आ गया था।

दबे पांव कमरा नम्बर दो में प्रवेश हुआ। सबसे पहले मुझे लक्ष्मी का सिर नजर आया बड़े-बड़े तकियों में टिका हुआ। उसका सफेद सुता हुआ कमजोर प्यारा सुन्दर चेहरा। मुझे देखकर उसके चेहरे पर मुस्कराहट आ गई, उसकी आंखों की पलकें कांपने लगीं।

मैं जल्दी से आगे बढ़ा। बड़ी मुलायमियत से झुककर मैंने पलंग पर उसके चेहरे को अपनी गोद में लिया, उसकी बांहे मेरी गर्दन में हार बन गयीं।

वह धीरे से बोली, "मेरे मालिक?"

मैं जो कभी न रोया : एकाएक रोने लगा, टप-टप मेरे आंसू उसके चेहरे पर बहने लगे।

मगर वह खुशी के आंसू थे : हर्ष के मोती थे।